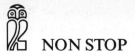 NON STOP

Sharon Nanni
Kissenschlacht

Roman

NON STOP

NON STOP
Nr. 23091
im Verlag Ullstein GmbH,
Frankfurt/M – Berlin
Titel der Originalausgabe:
For Lust's Sake
Aus dem Amerikanischen
übersetzt von Ernst Walter

Neu eingerichtete Ausgabe

Umschlagentwurf:
Theodor Bayer-Eynck
Foto: MAURITIUS-Glamour
International
© 1973 by Companion Books
© 1976 by Verlagsgesellschaft Frankfurt
Alle Rechte vorbehalten
Printed in Germany 1993
Gesamtherstellung:
Ebner Ulm
ISBN 3 548 23091 1

September 1993

Die Deutsche Bibliothek –
CIP-Einheitsaufnahme

Nanni, Sharon:
Kissenschlacht: Roman / Sharon Nanni.
[Aus dem Amerikan. übers. von Ernst
Walter]. – Neu eingerichtete Ausg. –
Frankfurt/M; Berlin: Ullstein, 1993
 (Ullstein-Buch; Nr. 23091: Non-stop)
 ISBN 3-548-23091-1
NE: GT

1

Während Dan McKay die Seife von seinem muskulösen Körper abwusch, fragte er sich, woher sein Steifer kam. Vielleicht weil er an seine entzückende Frau nebenan im Schlafzimmer gedacht hatte – vielleicht aber auch, weil er die erregende Frau des anderen Mannes jenseits des Flurs in dem nächsten luxuriösen Apartment nicht vergessen konnte? Er stellte das Wasser ab und verließ die Duschkabine.

Schnell trocknete er sich ab, dann ging er nackt ins Schlafzimmer. Als er seine schöne, kurvenreiche junge Frau sah, wußte er, daß ihre entzückende Nacktheit ihm in jedem Fall einen Steifen verschafft haben würde, selbst dann, wenn er nicht an die Frau des anderen Mannes gedacht hätte; dann ging er durchs Schlafzimmer und hockte sich auf die Bettkante.

Sharon saß vor der Frisierkommode und bürstete ihr seidiges blondes Haar. »Ich bin gleich fertig, Honey. Warst du heute abend mit mir zufrieden?«

»Ja. Ganz bestimmt«, sagte Dan – und meinte es auch so –, während er auf die Pobacken seiner Frau starrte, die sich auf der Lederbank breitdrückten. Mit fünfundzwanzig Jahren hatte Sharon einen noch genauso festen Körper wie damals, als er sie vor drei Jahren zum erstenmal gepinselt hatte.

»Wie bist du mit Betty zurechtgekommen?« fragte Sharon, während ihre Bürste immer wieder durch ihr Haar glitt. »Floyd hat seine Hand einmal auf mein Knie gelegt, als Betty draußen mit dir in der Küche war.«

Dan kicherte und streckte sich auf dem Bett aus. Er legte die Hände hinter den Kopf und schloß die Augen. »Ich hab' ihr ein paarmal die Pobacken gestreichelt und auch herausgefunden, daß sie ziemlich kleine Süße haben muß. Für wie alt würdest du sie halten?«

»Fünfunddreißig«, antwortete Sharon. »Sie glaubt, sie sieht nicht älter aus als achtundzwanzig. Floyd ist zweiundvierzig, hat sie mir gesagt, und ich zweifle, daß er noch ein guter Typ ist. Unter seiner Hose war jedenfalls nichts zu sehen.«

»Na, ich stelle mir vor, daß du als Exprofi eine Möglichkeit finden wirst, ihn dranzukriegen«, sagte Dan in nicht unfreundlichem Ton, während er sich fragte, ob er sich jemals an den Gedanken, daß er mit ihr verheiratet war, gewöhnen könnte – schließlich war sie ein früheres Callgirl.

»Muß ich dich daran erinnern, daß ich mich immer noch verkaufe?« fragte Sharon, ohne die Stimme zu erheben. »Wir tun das doch beide, und das ist eine Tatsache; manchmal wünsche ich mir, wir könnten wie andere Ehepaare leben.«

Wieder kicherte Dan. »Wie einige dieser Swapper, was? Verdammt noch mal, mehr tun wir doch in Wirklichkeit nicht, und wenn du's aufgeben willst, dann brauchst du es mir nur zu sagen, Baby. Du wußtest genau, worauf du dich einließest!«

Sharon gab keine Antwort. Dan merkte, daß sie den Atem angehalten hatte. Und was, wenn Sharon beschloß, ihn zu verlassen? Eines Tages, wenn er weiter solche Witze über ihre Hurentätigkeit machte, dann konnte sie vielleicht ihren Sinn ändern und das aufgeben, was sie Liebe für ihn nannte –

»Wir verdienen mit unserem Swappen Geld, Sharon. Wenigstens gelegentlich. Weil die Männer und Frauen nicht über uns reden und der eine vom anderen nichts weiß, sind sie viel größere Betrüger als wir beide. Betty und Floyd Denning sind wohlhabend, darauf kannst du deinen Hintern verwetten, und sie können es sich leisten, für ihre Vergnügen zu bezahlen.«

»Da du die Rede auf Geld gebracht hast, Dan – darf ich fragen, wie wir jetzt stehen?«

Dan öffnete die Augen. Sharon hatte die Bürste hingelegt und sich auf der kleinen Bank herumgedreht. Ihre blauen Augen starrten auf seinen Schwanz. Dan sah auf ihre großen prallen Brüste, die langen gutgeformten Beine, das blonde Haar auf ihrem Liebeshügel. Langsam glitt sein Blick zu ihrem schönen Gesicht.

»Wir haben etwas über tausend auf der Bank, Sharon. In meiner Brieftasche habe ich zwei Hunderter zusammen mit der Miete, die in drei Tagen bezahlt werden muß und – «

»Ich habe ungefähr hundert.« Sie sah seinen Blick und lächelte. »Mach dir nichts draus, Dan. Ich glaube, Floyd wird mit ein paar teuren Geschenken ankommen, und ich kann ihm immer eine Geschichte erzählen, um wenigstens ein bißchen Kies zu kriegen. Außerdem scheint Betty sehr scharf auf deinen dicken Süßen zu sein.«

Dan bewegte die Hüften hin und her, so daß sein Steifer vor und zurück schwang. »Komm ins Bett«, sagte er. »Ich glaube, ich werd's bei Betty Denning schon schaffen, etwas herauszuholen, aber im Augenblick bin ich scharf auf dich.«

»Ich werde dir meine beste professionelle Vorstellung geben«, sagte Sharon scherzend und stand auf. »Ich glaube, ich sollte dir dankbar sein, daß du mich geheiratet hast.«

»Das gilt auch für mich«, meinte Dan und zog die Hände hinter dem Kopf hervor. »Betty hat gesagt, ich könnte jederzeit hinkommen, und ich denke, ich werde es morgen einmal bei ihr versuchen.«

»Hör endlich auf, über unsere Nachbarn zu reden«, sagte Sharon, während sie sich neben Dan legte. »Du hast im Augenblick das hübscheste seit langer Zeit zu mir gesagt, und im nächsten Augenblick redest du wieder über die schwarzhaarige Muschi im nächsten Apartment.«

Dan schwieg, als Sharons Finger seinen steifen Mast packten und ihn zärtlich zu liebkosen begannen. Er hatte ihr nie gesagt, daß er sie liebte, nicht einmal bei seinem Heiratsantrag, aber sie hatte es oft gesagt.

»Steck ihn mir rein«, flüsterte Sharon. »Es ist fast Mitternacht, und die Martinis haben mich müde gemacht.«

Sie ließ Dans Lustkolben los, als er sich aufsetzte. Dann legte sie sich auf den Rücken und spreizte die schlanken Oberschenkel, so daß Dan sie besteigen konnte.

Seine Knie waren zwischen den schönen Beinen seiner jungen Frau, und während seine Finger ihre␣␣␣␣␣␣␣füllligen, warmen, runden Hüften liebkosten, betrachtete er die Öffnung, die von kurzen blonden Haaren umgeben war.

»Ich hab's wirklich nicht so eilig, und so schläfrig bin ich auch noch nicht«, flüsterte Sharon wieder. »Ich dachte nur, du wolltest es schnell erledigen, Honey.«

Dan hob den Kopf und sah Sharon an. »Immer denkst du an mich«, sagte er scherzend. Seine Hände wanderten über das Bett bis zu ihrem Gesicht, er streichelte es, und ihr Mund öffnete sich.

»Ich denk sehr viel an dich, Baby. Du weißt das, und ich weiß nicht, was ich ohne dich tun würde.«

»Ich verstehe«, nickte Sharon, dann legte sie ihre geschmeidigen Arme um seinen Hals, und ihre Augen sagten ihm, daß sie ihn wirklich verstand. »Wir beide sind nun mal, was wir sind; nichts, was wir tun und sagen, kann das ändern, und ich kann dir nur immer wieder versichern, daß ich so lange bei dir bleiben werde, wie du mich brauchst.«

Seine Zunge glitt über seine Lippen und die Hände zu Sharons prallen Brüsten – er spürte, wie die Knospen sich unter seinen Handflächen verhärteten –, dann senkte er seinen Mund auf Sharons Mund. Er bewegte seine Zunge zwischen ihren vollkommenen Zähnen, und dann berührten sich die Zungen und spielten miteinander.

Ihre Erregung stieg schnell, so wie immer bei ihm, und während sie sich leidenschaftlich küßten, drückte er ihre großen Halbmonde mit den langen Perlen – er wußte, wie sie es haben wollte. Und dann verlor er sich in dem wundervollen Trip mit seiner herrlichen jungen Frau, er wußte, daß nur die Liebe mit ihr ihn völlig befriedigen konnte. Schwach dachte er daran, wie die anderen Frauen waren und wie sehr er Mühe hatte, sich geistig auf sie zu konzentrieren, wenn er sie vögelte.

Und dann zog er die Zunge zurück, er war scharf darauf, ihre Brüste zu lecken, besonders diese empfindlichen Spitzen. Er nahm eine in den Mund und spielte mit der Zunge daran, und die Knospe wurde noch härter, dann nibbelte er mit den Lippen und Zähnen an dem prallen Fleisch.

Sharons Hände waren bereits an seinem Kopf. Ihre Finger glitten durch sein kurzes schwarzes Haar, und sie führte seinen Mund und seine Zunge zu ihrer anderen Brust. Es schien Dan, als ob der spitze Stift ihn durchbohren wollte.

Er genoß ihr halblautes Stöhnen, den wundervollen Duft des frisch gebadeten Körpers.

Schließlich rutschte er nach unten und bedauerte fast, die Brüste, die er so sehr liebte, zu verlassen, aber nun galt seine Aufmerksamkeit etwas anderem.

Sharons Bauch war fast flach, geradeso gerundet, daß er attraktiv war, und dann beschäftigte sich Dan fast eine ganze Minute lang mit ihrer golden schimmernden Haut. Sharons Hüften begannen sich zu bewegen, und seine Hände streichelten ihre warmen Seiten und die schlanken Hüften.

Als er spürte, wie die Finger seiner wilden Frau zurückgezogen wurden, wußte Dan, daß sie ungeduldig war. Er brauchte nicht hinzusehen, um zu wissen, daß sie ihre Brüste streichelte und mit den harten Perlen spielte, vielleicht sogar den Kopf auf dem Bett hin und her warf.

Er rutschte noch weiter nach unten, dem Ziel entgegen, und er küßte und leckte Sharons samtweiche innere Oberschenkel. Sie bewegte ihre langen Beine fast hilflos, dann hob sie sie etwas an und spreizte sie, sie wollte ihm zeigen, daß sie zum Trip bereit war.

Zuerst schob Dan eine Hand auf das blonde Ziel, er benutzte die Finger, um den Weg vorzubereiten, und hielt den Atem an, als er die Finger durch seinen Mund ersetzte. Er hörte ihr Keuchen und spürte ihre Finger auf seinem Kopf.

Tief glitt seine Zunge zwischen die empfindlichen Liebeslippen, hin zu dem Kitzler, er genoß das Gefühl der Macht – wie immer, wenn er ihr dieses erotische Lustgefühl schenkte. Seine Hände schoben sich um ihre festen, sehr glatten Pobacken.

Sie warf sich ihm immer und immer wieder entgegen, und er mochte es, wie ihre Oberschenkel sich gegen seine Wangen drückten.

Nur allzu schnell spürte Dan, daß ihr Körper zu beben begann. Aber er zitterte selbst ein wenig, sein unglaublich dicker Steifer schien an das Portal zu klopfen, und als Sharons Finger zurückgezogen wurden, hob er den Kopf.

Die blauen Augen seiner Frau glühten vor Leidenschaft. Ihre Finger packten seinen Danni, und sie drückte die Oberzähne in die volle Unterlippe, als sie ihm half, in sie einzudringen. Sein Spritzer war gewaltig, größer als bei den meisten Männern, aber er wußte, daß sie keine Schmerzen hatte, wenn er eindrang, weil ihre Liebessäfte bereits flossen.

Doch stieß er nur langsam und vorsichtig zu, er merkte, wie

sich das heiße Fleisch über seinen Schaft stülpte, hielt an, um ganz sicher zu sein, daß er ganz leicht hineingleiten konnte.

Als er drin war, bis zum Ende in ihr verborgen, spürte er wieder ihre weichen Haare, und er senkte seine muskulöse Brust auf die spitzen Knospen und drückte seinen Mund auf ihre Lippen. Sie erwiderte den Kuß leidenschaftlich, ihr Unterkörper lag still, als er sie liebte, denn sie wußten aus vielen Abenteuern, wie sie die Lust langsam zum Höhepunkt treiben konnten, um dann den Orgasmus zu genießen.

Dan zog den Mund zurück und lächelte. »Du bist immer noch die beste Frau, die ich je hatte, Baby.«

Sharon lächelte glücklich. »Nur dank dir!« Dann stöhnte sie laut. »O Darling, ich bin so wild, so wild!«

Dan hatte sich auf die Hände gestützt. »Ich glaube, dagegen müssen wir etwas tun«, sagte er und schob seine Hände wieder über ihre runden Hüften. Und nun war er an der Reihe, laut zu stöhnen, als sie gekonnt ihre Muskeln benutzte.

Er vergrub sein Gesicht in dem weichen Haar, legte seine Hände unter die Pobacken und begann sich rhythmisch zu bewegen. Bald hörten, wie er erwartet hatte, die inneren Kontraktionen auf, und sie warf ihm den Unterleib schneller entgegen. Er nahm ihr Tempo auf, Stoß folgte auf Stoß, er wußte, daß es ihm bald kommen würde und daß sie nicht weit davon entfernt war.

»Gleich, Darling! Oh, es ist schön, so schön! Warum ist es bei dir immer so viel besser?«

Dan gab keine Antwort. Ihre Worte trieben ihn nur zu größerer Schnelligkeit an. Gleich würde sie wahrscheinlich über Liebe sprechen, ihm Worte zuflüstern, die ihre Liebe zu ihm bekundeten, und er mußte zugeben, daß er sie im Grunde seines Herzens ebenfalls liebte, doch es würde bedeuten, daß er mit ihr so, wie sie jetzt lebten, nicht länger leben konnte.

»Ich liebe dich so sehr, Dan! Oh, ich liebe dich so sehr!«

Dan hob seinen Kopf aus ihren blonden Haaren und küßte sie wieder. Ihre Zunge stieß im gleichen Rhythmus in seinen Mund, als er sie liebte. Er spürte, wie die Wellen in ihr begannen, und das bedeutete, daß er mit ihr kommen konnte, wenn er wollte.

»Laß es laufen, Dan! Komm in mich rein, und laß es laufen!«

Dan gehorchte Sharons drängender Bitte. Er machte schneller und schneller, er benutzte seine Hände, um sich noch besser hinzulegen, und dann spritzte er seinen Saft in sie hinein. Und als die höchste Lust vergangen war, blieben sie noch viele glückliche Minuten miteinander vereint liegen.

Jenseits des Flurs, in dem größeren und luxuriöseren Apartment, tranken Betty und Floyd Denning noch einen Schnaps, ehe sie ins Bett gingen. Sie saßen auf zwei gegenüberliegenden Couches im Wohnzimmer und sprachen über ihre neuen Nachbarn.

Sie waren sich darüber einig, daß Dan und Sharon McKay ausgewichen waren, als sie sie nach der Quelle ihres Einkommens gefragt hatten; aber sie mußten zugeben, daß das sehr attraktive junge Paar eine willkommene Bereicherung ihres geheimen Swapklubs sein würde.

Betty war scharf auf Dan, und Floyd wollte sich Sharon nicht entgehen lassen, aber sie hatten natürlich gewisse Zweifel und waren sich bewußt, daß es vielleicht nicht sehr geschickt sein könnte, allzu schnell vorzugehen. Betty war sicher, daß sie Dan irgendwann ins Bett bekommen würde, aber sie wußte nicht, ob er bereit sein würde, seine schöne junge Frau einem anderen zu überlassen; noch mehr Zweifel, was Sharon betraf, hatte Floyd. Und als sie darüber noch einmal sprachen, war es fast, als ob dieser Abend für ihre Körper nichts einbringen würde.

Selbstverständlich hatte Floyd Denning nichts dagegen, wenn seine Frau sich von Dan ficken ließ. Es war nur so, daß die schöne junge Frau auf der anderen Seite des Korridors sich einfach zu gut benommen hatte, gewissermaßen wie eine Dame, die kaum auf seine Wünsche eingehen würde.

Sie tranken ihre Gläser fast gleichzeitig leer. Betty, immer noch scharf darauf, einen guten Trip hinzulegen, fragte sich, ob sie ihren Mann dazu bekommen konnte, ihr ein bißchen sexuelle Erleichterung zu verschaffen.

Natürlich ahnte Floyd Bettys Gedanken und Wünsche, denn sie waren schließlich lange genug miteinander verheiratet. Er dachte kurz daran, einige ihrer Freunde anzurufen. Für Betty würde es wenig ausmachen, ob es ein Mann oder eine Frau war, aber an sich war es schon ein bißchen zu spät.

Oder zu früh, überlegte er, nachdem er auf die große Wanduhr geschaut hatte. Halb eins war nicht gerade die richtige Zeit, um jemanden anzurufen, auch wenn es ums Bumsen ging. Dann fiel ihm das Dienstmädchen ein, eine Art Faktotum, die alles tat und die gelegentlich in einem Zimmer des Apartments schlief, wenn es zu spät wurde, nach Hause zu gehen.

»Ist eigentlich Telma gleich nach dem Essen weggegangen, Betty? Ich kann mich gar nicht mehr erinnern, daß ich sie hinterher noch gesehen habe.«

Betty lächelte und tätschelte Floyds Knie. »Du warst viel zu beschäftigt, Sharons entzückende Beine und ihre mächtigen Brüste zu beäugeln, um die kleine Schokoladenpuppe zu bemerken, selbst wenn sie in der Nähe gewesen wäre.« Betty schob ihren Finger in den Schoß ihres Mannes und drückte seinen weichen Schnucki. »Wenn's dir nichts ausmacht, dann werde ich mich erst einmal darum kümmern, ehe wir Telma zu Hilfe rufen. Ich möchte sie nicht jetzt wieder aufwecken.«

»Dann ist sie in ihrem Zimmer?« fragte Floyd und sah, wie seine Frau den Reißverschluß herunterzog.

»Ich weiß nicht genau«, meinte Betty, während sie ihres Mannes Bengel aus den Shorts und der Hose zog. »Sie wird schon da sein, aber ich dachte an Dan und Sharon, gerade als du nach Hause kamst, und Telma war zufällig in der Nähe, und wir hatten eine ziemlich wilde und schnelle Sitzung. Die Süße ist nicht so unersättlich wie ich, das weißt du ja, und sie sagte mir, daß ihr verdammter Freund sie letzte Nacht gepinselt hätte.«

Floyd beugte sich vor und bewegte sich zu Bettys geschickten Fingern. Sein Ständer war bereits halbhart. Er freute sich darüber. Eine halbe Minute später meinte sie: »Ich kriege ihn nicht ganz steif. Er war schon ziemlich weit, aber jetzt hat's wieder nachgelassen. Vielleicht sollten wir doch mal sehen, ob Telma in ihrem Zimmer ist.«

»Ich hab' eine ziemlich wichtige Konferenz morgen früh um 10 Uhr«, sagte Floyd, nachdem er ein paar Sekunden gezögert hatte. Er schob mit dem Fuß den kleinen Cocktailtisch von der Couch weg, während er gleichzeitig einen Arm um Bettys Schultern legte. »Wenn wir's zu toll treiben, dann wackeln mir morgen früh die Knie.« Er kicherte. »Es war natürlich nur Spaß, aber du weißt ja, wie mir's manchmal geht.«

»Wann hast du eigentlich das letztemal so richtig bumsen können?« fragte Betty scherzhaft. »Ich glaub', das ist drei oder vier Monate her. Na ja, der Mensch soll sich über alles freuen!«

Floyd sah in Bettys glänzende schwarze Augen. Er erinnerte sich daran, daß es einmal eine Zeit gegeben hatte, da er sie darum bitten mußte, sich von ihm lieben zu lassen. Aber das war Jahre her, und in der Zwischenzeit hatte sich ihr Sextrieb gewaltig verstärkt, während seiner immer geringer geworden war. Er hatte nicht das Recht ärgerlich zu sein. Weder mit ihr noch mit dem Schicksal. Damals war er an der Reihe gewesen und nun sie.

Betty merkte sofort, woran er dachte. »Du weißt, daß ich deine Gefühle nicht verletzen will, Floyd. Ich weiß, daß du ein Mann bist, ein richtiger Mann, aber auch kein sehr potenter Mann kann es mit einem Frauenzimmer aushalten, das so unersättlich ist wie ich.«

Floyd beobachtete, wie Betty seinen fast leblosen Mast rieb. »Wir beide wissen, daß ich es nach einer gewissen Zeit immer noch schaffe. Und du hilfst mir ja so sehr.«

Betty drückte einen feuchten Kuß auf den Mund ihres Mannes. Sie liebte ihn wirklich – darum hatte sie ihn geheiratet –, allerdings war es nicht ihr Fehler, daß seine Potenz nachgelassen hatte. Er hatte mit dem Swappen begonnen und sie ermutigt, zu experimentieren und ihre Hemmungen immer mehr fallenzulassen, und höchstens er hätte sie schelten können, daß sie so verdammt scharf war.

Floyd hatte ihr den Kuß zurückgegeben, und beide benutzten nun ihre Zungen, um sich aufzugeilen, und er schob eine Hand unter ihren kurzen Rock. Die Unterwäsche war so eng, daß seine Finger nicht zu ihrem Paradies vordringen konnten.

Betty zog den Kopf zurück und sah, daß der Spritzer ihres Mannes schon wieder aufgerichtet war.

»Laß uns ins Schlafzimmer gehen«, sagte sie und stand auf. »Vielleicht werden uns die Spiegel helfen.«

Floyd sah auf und starrte in Bettys Augen. »Du verstehst doch, daß es nichts mit deinem Körper zu tun hat, nicht wahr? Du bist immer noch so schön wie früher, Betty.« Er kicherte. »Und manchmal haben wir Nummern geschoben, daß die Wände gewackelt haben, nicht wahr?«

»Wir können uns wenigstens noch mit Worten aufgeilen«, meinte Betty lächelnd. »Das ist mehr, als viele Ehepaare können.« Sie seufzte. »Schau, Honey, wenn du nicht in der Laune dazu bist, ist es auch gut. Ich nehm' dann meinen treuen Vibrator, wenn ich nicht schlafen kann, und –«

»Ich werde das Licht ausschalten«, unterbrach Floyd. »Gedanklich bin ich genauso bereit wie eh und je, vielleicht konzentriere ich mich ein bißchen auf die blonde Schönheit auf der anderen Seite des Korridors.«

»Und ich muß zugeben, daß ich verdammt heiß werde, wenn ich an ihren hübschen jungen Mann denke«, sagte Betty. Lachend blinzelte sie. »Nachdem wir uns nun wegen der beiden einig geworden sind, will ich mal sehen, ob Telma in ihrem Zimmer ist, falls wir sie brauchen.«

Floyd beobachtete, wie Betty praktisch aus dem großen Wohnzimmer rannte. Trotz ihres engen schwarzen Rocks wakkelten ihre Pobacken provozierend. Es hatte eine Zeit gegeben, da ihn das entsetzlich aufgeregt hatte. Nun schaute Floyd auf seinen herabhängenden Junior. Er seufzte und stand auf und zog automatisch den Reißverschluß wieder hoch.

Vielleicht, wenn er sich wirklich auf diese andere Frau konzentrierte, die er den halben Abend über betrachtet hatte, konnte er lange genug einen Steifen kriegen, um wenigstens ins Paradies seiner Frau einzudringen, um sie zu befriedigen. Schließlich hatte er eine lebhafte Phantasie.

Floyd ging im Zimmer auf und ab und drehte alle Lichter aus bis auf das eine neben der Bar. Er goß sich einen Scotch ein, trank und füllte das Glas wieder. Ein paar Augenblicke lang starrte er auf das volle Glas und hoffte plötzlich, Telma sei zu Hause, er erinnerte sich an den erregenden jungen Körper des attraktiven braunen Mädchens, besonders wenn sie es mit seiner Frau gemacht hatte.

Ruhig öffnete Betty die Tür zu Telmas Zimmer. Das Licht vom Flur her genügte, um die dunkle Schönheit auf dem Bett zu erkennen, deren dunkelbraune Haut so sehr mit dem weißen Bett kontrastierte. Sie lag auf dem Rücken und hatte die Bettdecke heruntergestrampelt und die Beine gespreizt. Sie war gerade ein paar Monate über zwanzig Jahre alt.

Betty überlegte, dann beschloß sie, es selbst zuerst einmal mit Floyd zu versuchen. Sie wollte gerade die Tür zuziehen, als sie hörte: »Ich schlafe nicht.«

Telmas Gesicht war im Schatten gewesen, und Betty hatte es nicht erkennen können. Nun zog sie die Tür zu und trat näher zum Bett.

»Ich dachte mir schon, daß Sie mich brauchen«, meinte Telma mit einem breiten Lächeln, und ihre weißen Zähne glänzten hinter ihren vollen Lippen. »Ich hab' das junge Paar gesehen und dachte gleich daran, daß Sie scharf auf sie sein werden.«

»Floyd und ich haben das Gefühl, daß wir bei den jungen Leuten sehr vorsichtig sein müssen«, erklärte Betty und spürte bereits die Erregung.

»Wenn Sie nicht zu müde sind...« Betty ließ ihre Worte ausklingen, während sie auf die langen, braunen, entzückenden Beine sah, die das Mädchen nun aus dem Bett schwang. Sie wußte natürlich, daß Telma zum Toben nie zu müde war.

Das Mädchen sagte: »Müde! Doch nie für Sex! Und für ein hübsches Dreiertreffen – da würde ich noch mitmachen, wenn mein einer Fuß schon im Grab wäre!« Telma lachte kehlig und stand auf. »Das ergibt nicht viel Sinn, was?«

Plötzlich haßte Betty ihren Mann, weil sie die Kleine zu Hilfe holen mußte.

2

Die Wände des großen Schlafzimmers hatten die Dennings einen Haufen Geld gekostet. Überall waren Spiegel eingelassen, das Zimmer war mit einem dicken Teppich ausgelegt, und sie hatten herrliche Möbel darin. Direkt über dem Bett war ein riesiger Spiegel angebracht, der größer als das Bett war.

Sechs Personen konnten sich in dem Bett nebeneinander ausstrecken, ohne sich zu berühren, es war eine Art sexuelles Schlachtfeld, und bei mancher Party hatten sogar acht Gäste gleichzeitig in dem Bett gelegen.

Als Floyd Denning das Spiegel-Schlafzimmer betrat, spürte er den zweiten Whisky, den er zu schnell hinuntergekippt hatte. Er sah, daß das nackte junge Dienstmädchen seiner Frau beim Ausziehen half. Diese Entkleidungszeremonie war soweit gediehen, daß Betty Denning nur noch ihr sehr enges kurzes rosafarbenes Höschen und ihren entsprechenden Büstenhalter anhatte.

Betty war sehr stolz auf ihre Brüste. Mit Recht, dachte Floyd. Das Zwillingspärchen saß hoch und war fest, groß genug, um jedem Freude zu machen, der es streichelte, und Betty war der lebende Beweis, daß kleinere Brüste nicht so sehr heruntersackten, wenn man älter wurde. Wirklich, Betty hatte immer noch die Figur eines jungen Mädchens. Ihr Körper war von der Taille abwärts ziemlich robust, sicherlich, aber ihr weißes Fleisch war glatt und ohne jede Falten, so schön wie es Floyd bei keiner anderen Frau ihres Alters je gesehen hatte. Der hauchdünne Büstenhalter wurde entfernt und zur Seite geworfen, und Floyd starrte auf das kniende dunkelbraune Mädchen. Telma Washingtons üppiger Körper war sehr dunkelbraun, aber ihre Gesichtszüge fein, und sicherlich war einer ihrer Vorfahren einmal ein Weißer gewesen.

Irgendwie glich sie einem Mädchen von einer Insel in der Südsee. Er hatte sie oft geliebt, und es war immer wieder aufregend, wenn er ihren nackten Körper ganz in der Nähe sah – so wie jetzt. Daß sie es ab und zu mit seiner Frau machte, störte ihn keineswegs. Für Floyd war es nur wichtig, daß sie beide von ihr befriedigt werden konnten.

Telmas Finger waren bereits an Bettys Slip, und die braune Wange drückte sich gegen die weißen Oberschenkel. Floyd wußte, daß sie seine Anwesenheit fühlte, noch ehe Betty zu ihm hersah und lächelte und dann mit ihren vollen Hüften und Pobacken wackelte, als Telma schnell das hauchdünne Hindernis herunterzog auf den dunkelroten Teppich.

Betty trat aus dem Höschen, kickte es mit den Fußspitzen zur Seite und trat dann von Telmas Fingern weg. Floyd ging hinüber und setzte sich auf einen Stuhl; er genoß die vielen Bilder der beiden Frauen in den Spiegeln, während Betty sich auf das große Bett warf und Telma zu ihr kroch.

Das gehörte zur Routine der beiden Frauen und wurde schon seit einigen Monaten so praktiziert; sie gaben immer wieder Floyd eine Vorstellung, um ihn so weit zu erregen, daß er einen richtigen Steifen bekam, damit er mitmachen konnte, ohne vorher gewichst zu werden.

Immer hatte es bisher geklappt. Immer war ihm das Blut in den mächtigen Burschen geschossen. Und wenn es einmal ganz ausnahmsweise nicht geklappt hatte, dann hatten ihm geschickte Finger und gierige Lippen geholfen, und seltsamerweise wußte er schon seit langem, daß trotz aller sexuellen Freiheiten gewisse Hemmungen geblieben waren, die erst einmal überwunden werden mußten.

Er beobachtete, wie Telma an Bettys Perlen saugte, zuerst an der einen und dann an der anderen, ihre Pobacken waren hoch hinausgestreckt – in diesem Augenblick spürte Floyd, daß sein Pimmel größer wurde. Er hatte nie Betty Telma auf den Mund küssen gesehen; sie hatte auch nie eine andere Frau auf die Muschi geküßt. Er und Betty hatten oft darüber gesprochen, wie leicht es für eine Frau sein konnte, lesbisch zu werden, wenn sie dies alles tat –, doch als er zum erstenmal seine Frau beobachtet hatte, wie sie eine der swappenden Frauen auf den Mund küßte, da war es ihm klargeworden, daß es nur eine Frage der Zeit sein konnte, bis sie ihren Gefühlen freien Lauf ließ.

Merkwürdigerweise machte es Floyd nichts aus. Die meisten weiblichen Mitglieder des Sexklubs hatten ihre Neugierde in dieser Beziehung schon gestillt, und trotz aller Geschichten, die er über Lesbierinnen gelesen oder gehört hatte, kannte er keinen einzigen Fall, daß dadurch ein Ehemann oder sonst ein Mann benachteiligt worden wäre.

Er kannte verschiedene Frauen, die nie eine Gelegenheit zu intimen Küssen und Liebkosungen bei einer anderen Frau ausließen, aber die Ehemänner, mit denen er gesprochen hatte, hatten sich nicht beklagt – es waren eben Frauen, die es gern auf diese und die andere Weise machten.

Telmas Lippen waren nun auf Bettys zitterndem Bauch. Er schaute in den Spiegel über dem Bett und sah, daß Betty die Aktion der hübschen Negerin ebenfalls beobachtete.

Telma war schnell an dem schwarzen Muff angelangt, und ihre langen braunen Finger drückten sich um Bettys Hüften, ihre schwarzen Augen hoben sich lange genug, um zu sehen, daß Floyd sich noch nicht ausgezogen hatte. Sie begann nun, Bettys runde Oberschenkel mit Lippen und Zunge zu liebkosen.

Aber Floyds Erregung war gestiegen, er hatte einen ganz schönen Steifen, wollte sich aber nicht beeilen. Er wußte, daß es Telma mochte, Betty zuerst einmal auf den Bauch zu legen.

Er war immer fasziniert von Telmas ungewöhnlicher Art, Pobacken zu küssen und zu streicheln, und er ging näher hin, um alles genauer sehen zu können. Es gab keinen Zweifel daran, daß Telma an alldem selbst viel Spaß hatte; genauso wie es keinen Zweifel gab, daß Betty unendlich erregt wurde von dieser merkwürdigen Art erotischer Liebkosung.

Die Finger seiner Frau verkrampften sich in das Bettlaken, als sie ihre beiden Pobacken hochhob, als sie stöhnte und keuchte – und bei diesem Anblick begann Floyd seine Kleider auszuziehen. Als er fertig war, lag Betty wieder auf dem Rücken, und Telmas Gesicht war zwischen den weißen Oberschenkeln vergraben.

»Heb mir etwas auf!« sagte Betty erregt, während sie Floyds Steifen betrachtete, aber sie hörte nicht auf, sich Telmas lüsterner Zunge hinzugeben. »Lieber Himmel! Mir ist es schon mal gekommen, und nun kommt's mir schon wieder!« Sie warf ihren Körper hoch, spannte sich und drückte die Finger in Telmas Kraushaar. »Ohhh ... ahhhhh ...«

Schnell kletterte Floyd aufs Bett und legte sich direkt hinter Telmas schlanke braune Pobacken. Betty war im Augenblick erschöpft, ihre Augen betrachteten das Mädchen und den Mann im Spiegel, während sie mit den Fingern immer noch Telma auf ihrer Muschi festhielt.

Eine der Hände Telmas schlüpfte unter Bettys Pobacken hervor und griff nach rückwärts, um Floyd behilflich zu sein. Sie hatten das schon oft getan, und Floyd merkte, daß er gerade die richtige Menge Alkohol getrunken hatte, um seinen Steifen eine Weile halten zu können – vielleicht wurde sogar mehr daraus; vielleicht konnte er spritzen.

Er war groß und schlank, fast knochig, aber sein Bengel war gerade Durchschnitt, doch er wußte, daß er sich wegen dieser Größe nicht zu schämen brauchte. Er hatte schon früh im Leben entdeckt, daß es viel wichtiger war, was ein Mann mit seinem Pimmel anfing – es brauchte nicht immer ein gewaltiger Balken zu sein.

Hauptsache, er konnte die Frau befriedigen.

Er schob ihn langsam in Telmas Grotte, und ihre Wärme umhüllte ihn, es war so phantastisch wie immer, als die Liebeslippen sich um seinen Schaft legten und den ganzen Ständer tiefer und tiefer zogen. Er packte ihre vollen weichen Hüften und konnte das leise Stöhnen nicht vermeiden, als das sehr heiße innere Fleisch beim Beginn seiner langsamen und rhythmischen Stöße zu zittern begann.

Unter Telmas neuer Stimulierung krümmte sich Betty, ihre Finger kehrten zu dem schwarzen lockigen Haar zurück, und sie starrte wieder in die vielen Spiegel, und Floyd wußte, daß die Reflexion seines Abenteuers mit der Negerin sie erneut aufgeilte.

Auch Floyd sah hin, und aus allen Ecken und Winkeln konnte er ihre Körper beobachten. Aber er sagte nichts; es war wie in seinen jungen Jahren, als er sich darauf konzentrierte, die Lust zu verlängern, so wie es die meisten jungen Männer tun, doch Betty war eine der wenigen Frauen, die sich ihm stets anzupassen verstanden. Doch das geschah erst, als sie dreißig geworden war. Zuvor, besonders zwischen zweiundzwanzig und achtundzwanzig, war es ihr egal gewesen, damals hatte sie sich nur auf ihren Orgasmus konzentriert. Ja, um diese Zeit war sie ihm gegenüber sogar ein wenig kalt gewesen, und er hatte es als Vorwand benutzt, um andere, willigere Frauen zu vögeln.

Aber dann, wie ein Wunder der Natur, war Betty gewissermaßen aufgeblüht. Er erinnerte sich noch genau an ihren neunundzwanzigsten Geburtstag, als er plötzlich gemerkt hatte, daß sie auf dem Gipfel ihrer sexuellen Leistungsfähigkeit angekommen, ja, daß sie sich fast wie eine Art Nymphomanin benommen hatte. Zu jener Zeit hatten sie sich oft mit einem anderen verheirateten Paar getroffen, und diese hatten sie in eine Swappergruppe eingeführt, und sie hatten das, was sie dort erlebten, schnell auf ihr eigenes Eheleben übertragen, und alles war wundervoll gelaufen.

Wenigstens zuerst. Doch nach und nach hatte sich Betty als eine Art Sexverrückte herausgestellt, und er hatte ihr nicht mehr recht folgen können. Er hatte nur noch einen Steifen bekommen, wenn er sich andere Frauen vorstellte, wenn andere, wie Telma, da waren – und dann war es, als ob das Rad der Zeit zurückgedreht würde...

»Wechseln, Floyd«, rief Betty plötzlich laut. »Ich bin auch noch hier und will deinen Süßen in mir haben! Mach schnell!«

Floyd machte schnell. Telma ebenfalls. Er stieß hinein und zog heraus, und dann halfen seine Hände dem süßen braunen Geschöpf zur Seite zu rutschen, aber er wußte, daß es Telma nichts ausmachte. Telma war, auch wenn sie spürte, daß es bei ihr losging, immer eine *Gebende*, und sie wußte genau, daß es nicht lange dauern würde, bis er wieder bei ihr war.

Floyd packte die zuckenden Hüften seiner Frau und senkte seinen Unterkörper auf das gierige, bereite Fleisch und begann sofort wild zu knutschen. Er drückte seinen offenen Mund auf ihre Lippen, und seine Zunge spielte mit ihrer Zunge, sie begann sie fieberig einzusaugen, und dann spürte er, wie Telma sich an ihrem Trip beteiligte. Das braune schöne Mädchen spielte mit seinen Pobacken, so wie sie es zuvor mit Betty getan hatte. Irgendwie hatte er es erwartet, aber dennoch erlebte er wieder den kleinen Schock, als er spürte, was sie es mit ihm machte.

Plötzlich löste sich Betty von Floyds Mund, ihre dunklen Augen glänzten, ihr hübsches Gesicht war leidenschaftlich verzerrt, und sie verlangsamte die wilden Bewegungen ihres Körpers, so wie sie es immer tat, wenn sich der Orgasmus näherte. Schnell paßte sich Floyd der geringeren Geschwindigkeit an, als er spürte, wie die Spasmen in ihr begannen, und merkte, daß Telma es ebenfalls beobachtet hatte, sie legte sich auf den Rücken neben sie.

Es war Floyd nicht ganz klar, ob es ihm gekommen wäre, aber nun hatte Telma ihn gestoppt. Denn obwohl Betty zitterte und ihr Orgasmus gewaltig war, hatte er sich dem Spritzen nicht mehr genähert als zu der Zeit, als sein Alterchen in Telma gesteckt hatte.

»Du sollst dich ein bißchen ausruhen, ehe du Telma wieder verwöhnst, Floyd!«

Er merkte, daß seine Frau erschöpft war, und hörte auf, sich zu bewegen, aber ein richtiger Boom war es ja nicht mehr gewesen, höchstens ein Zucken seines Schwanzes. Er hob sein Gesicht und sah, daß Betty die Augen geschlossen hatte. Er zog die Hände von Bettys glattem Po und schaute in Telmas breites Lächeln.

»Miß Betty ist es gekommen, Mr. Floyd. Sogar mein Freund, der wie 'n Bulle ist, müßte jetzt ausruhen, nach dem, was Sie getan haben, und er ist 'ne Menge jünger als Sie. Ich hab' gehört, Männer kriegen Herzanfälle, und das soll Ihnen nicht passieren.«

»Vielleicht wäre das der netteste Weg, sich aus der Welt davonzumachen«, sagte Floyd lächelnd.

Er lächelte manchmal über Telmas Dialekt, denn sie

stammte aus dem Süden, und er würde sich nie daran gewöhnen, die Art dieser Leute zu verstehen. So gefiel es ihm im Grunde genommen gar nicht, daß Betty zum Beispiel mit einem Neger intim wurde.

Während er darüber nachdachte und sich wunderte, wie seltsam das Leben und der Sex waren, hatte er seinen Süßen aus Betty herausgezogen. Im Grunde genommen war er nicht müde, das lag sicher an dem Alkohol, den er konsumiert hatte, ja, er war sicher, daß er noch eine Weile weitermachen konnte.

Die meisten Frauen finden es irgendwie beleidigend, wenn ein Mann aufhört, der noch einen Steifen hat – und ihm selbst gefiel es auch nicht. Aber es wäre doch besser gewesen, wenn er gespritzt hätte, denn nun hatte er das Gefühl, zu der Konferenz um 10 Uhr gar nicht hinzukommen.

Schließlich war er als Schwiegersohn des Besitzers ein großes Tier in der Firma, aber Bettys Vater war auch ein guter Swinger. Den alten Mann würde es sofort jucken, wenn er von dem Swappen etwas wüßte, denn dieser Bastard hatte wahrscheinlich die Hälfte der attraktiven weiblichen Angestellten aufs Kreuz geschmissen.

»Wie wollen Sie mich haben, Mr. Floyd? So?«

Floyd war jetzt zwischen seiner Frau und der Negerin auf Händen und Knien. Er gab ihr seine Antwort, indem er sich zwischen Telmas schlanke braune Oberschenkel schob. Ihre Finger griffen nach seinem schlüpfrigen Junior, ihr mit Locken besetzter Unterleib hob sich, damit er eindringen konnte.

Er warf einen Blick auf seine Frau, deren Augen immer noch geschlossen waren. Natürlich wußte er, daß sie gleich alles beobachten würde. Vor allem aber mußte er sein Sperma für sie aufheben. Manchmal zweifelte er, ob sie wirklich befriedigt werden konnte, selbst wenn zehn Männer sie eine Ewigkeit lang verwöhnten – und wenn zehn so sinnliche Frauenzimmer wie Telma da waren, um sie aufzugeilen.

»Was ist los, Mr. Floyd? Soll ich mich jetzt auf den Bauch legen?«

»Nein!« rief Betty. »Ich will nicht, daß er jetzt schon abspritzt! Was ist los, Floyd?«

»Nichts«, sagte Floyd und merkte, daß er schon viel zu lange zwischen Telmas zitternden Oberschenkeln hockte. Er berühte mit dem Kopf das heiße feuchte Fleisch und wartete dann, daß Telma die Finger zurückzog, ehe er langsam seinen Speer in den bebenden engen Kanal schob. Im Grunde genommen waren alle Frauen gleich und dennoch so unglaublich verschieden, überlegte er, während er vor Lust stöhnte.

Als er ganz drin war und sich immer noch mit den Händen stützte, schlangen sich Telmas lange Beine um seine Taille. Er kannte kein anderes Mädchen, das seine Muskeln so beherrschte wie sie. Ihre Geschicklichkeit, sie um den Schaft zusammenzuziehen, war phantastisch.

Nicht daß Betty nicht gut gewesen wäre. Aber Telma schien unermüdlich zu sein, und als er in die glänzenden schwarzen Augen starrte –, wünschte er sich, er hätte eine Frau wie diese gekannt, als er noch jung gewesen war.

Floyd sah, daß Betty, ein oder anderthalb Meter von ihnen entfernt, sich auf die Seite gerollt und auf einen Ellbogen gestützt hatte. Er grinste und sagte ihr, sie solle sich nicht um ihn sorgen. Sie schob ihren geöffneten Mund herüber, um ihn zu küssen, dann lutschte sie an seiner Zunge. Von zwei Seiten so aufgemöbelt, konnte er es fast nicht mehr aushalten. Er begann mit seinen Bewegungen und senkte seine Brust auf Telmas spitze, steife Knospen, während die ganze Zeit über seine Zunge in Bettys Mund war und er die rechte Hand zwischen ihre Oberschenkel geschoben hatte.

Betty spreizte sie, und er fand schnell den Kitzler und stimulierte ihn mit seinem Finger, während Telma immer stärker ihre inneren Muskeln benutzte. Auch sie erregte es, denn sie hob und senkte immer schneller ihre braunen Pobacken, und Floyd hörte das halblaute Stöhnen und keuchende Laute nah seinem Ohr.

Nie hatte Floyd Telma geküßt. Aus verschiedenen Gründen, überlegte er. Einmal weil sie eine stolze Frau war und er nicht wußte, was Betty dazu sagen würde; vielleicht wollte sie nicht, daß er allzu intim mit dem Mädchen wurde, und dann, weil sie nur zu bereit war, ihre Zunge in jede Lustgrotte zu stecken.

Es war im Grunde genommen eine sehr merkwürdige Beziehung, die er und seine sexverrückte Frau zu diesem dunkelbraunen Mädchen hatten. Sogar auf dem riesigen Bett, während sie ihre sexuelle Lust genossen, gab es eine gewisse Trennung. Es war verrückt, aber nicht verrückter als viele andere Dinge im menschlichen sexuellen Benehmen. Er hätte ein dickes Buch über die Vorgänge schreiben können, die sie bei den Swappartys erlebten.

»Es kommt mir, Mr. Floyd! Ich flieg gleich in den Himmel rauf!«

Eine volle Minute lang konnte Floyd nichts anderes tun, als sich zurückhalten. Der Sturm, der die leidenschaftliche Negerin durchtobte und sie, wie sie behauptete, in den Himmel schoß, bestand vor allem darin, daß sich ihre Hüften wild unter seinen Fingern hin und her bewegten, daß sie den Unterleib hochwarf, und sie krümmte sich derartig, daß Betty den Mund von den Lippen ihres Mannes zog und sich neben sie hinkniete, um alles besser sehen zu können.

Ein paar Minuten lang erschauerte Telma und erschlaffte dann, und Betty warf sich auf den Rücken und drängte Floyd, sie doch zu nehmen. Floyd war ziemlich überrascht, daß er seiner eigenen Klimax so gefährlich nah war, und er verließ schnell Telma und rückte zu Betty und stieß seinen Steifen in ihre heiße Oase.

Und wieder mußte Floyd alle Kraft aufbieten, um sich noch ein Weilchen zurückzuhalten, denn Telma beteiligte sich wieder mit ihrer geilen Zunge an ihrem Akt. Wie dieses heißblütige Mädchen imstande war, so etwas zu tun, wußte Floyd nicht, aber als Betty genauso heftig erschauerte wie Telma kurz zuvor und dann erschlaffte, war es ihm noch nicht gekommen.

Er hatte in der Tat Angst, seine Erektion würde verschwinden. Betty und Telma schienen es beide zu fühlen und sagten ihm, was er tun mußte. Betty mit Worten und Telma mit ihrem Körper.

Nun schon ziemlich müde, zog Floyd seinen Schnucki aus dem Paradies seiner Frau und krabbelte wieder über das bereite Mädchen. Er stieß ihn bis zum Ende hinein und packte die festen braunen Brüste mit den harten Spitzen, stieß in wenigen Sekunden mit großer Geschwindigkeit zu und spritzte schließlich den Saft wie wild ab.

Betty Denning starrte in die Dunkelheit und lauschte auf den lauten Atem ihres Mannes, während sie auf den Schlaf wartete. Männer haben es besser, dachte sie. Viel Sex macht sie schläfrig. Während sie, und einige andere Frauen hatten ihr das auch gesagt, gewöhnlich noch eine Stunde hellwach dalag, selbst dann, wenn das Toben sehr befriedigend verlaufen war.

Aber es machte ihr nichts aus. Sie dachte gern noch ein bißchen über die Freuden nach, die sie erlebt hatte, vor allem aber dachte sie an Dan McKay und an Sharon ... – würde es bald mit ihnen klappen?

Betty lächelte in der Dunkelheit. Es würde wundervoll sein, wenn Sharon McKay es auch mit Frauen machte. Vor allem, wenn sie die aggressive Rolle übernahm. Denn sie selbst mochte es nicht, eine Muschi zu lecken. Aber sie mußte zugeben, daß sie sich selbst schon ein paarmal in Versuchung geführt hatte – geschehen war es indessen nie.

Die aggressiven Frauen schienen eine Menge Spaß dabei zu empfinden. Und ihr hatte es gefallen, einige Frauen auf den Mund zu küssen. Die fraulichen Lippen waren so weich und warm. Sie hatte auch schon Brüste geleckt und geküßt. Es war ein merkwürdiges Gefühl, wenn die Brustspitzen in ihrem Mund sich verhärteten. Wieder lächelte Betty vor sich hin. Einige waren schon hart gewesen, ehe sie sie geküßt und geleckt hatte. So wie ihre, die man manchmal gar nicht zu berühren brauchte.

Sie fühlte, daß sich Floyd auf die Seite legte; er hatte sich jetzt von ihr abgewandt. Der arme Liebling mußte wirklich müde sein. Praktisch war er auf Telma eingeschlafen. Sie und Telma hatten ihn gewaschen. Dann war das Mädchen in ihr Zimmer verschwunden. Ob das liebliche braune Geschöpf schlief? Konnte sie die kleine Negerin wirklich in Versuchung führen?

Es lief Betty eiskalt über den Rücken. Sie hatte nie an so etwas gedacht. Sie hatte es nur genossen, wenn lesbische Frauen ihr ein bißchen Vergnügen geschenkt hatten. Natürlich konnte man Telma und die vielen Frauen, die es untereinander und auch mit Männern machten, nicht wirklich lesbisch nennen. Nicht, so lange sie die Männer genossen, wie sie es selbst tat.

Betty schloß die Augen. Vielleicht war es besser, nicht darüber nachzudenken. Aber als ob sie sich wirklich vom Nachdenken abhalten könnte! Doch manchmal machte sie sich Sorgen über sich selbst. Sie war immer so geil, zwischen ihren Beinen kitzelte es, die Spitzen reckten sich hoch – sie war scharf auf alle Arten von Sex. Bis auf die wenigen Dinge, die

Telma offensichtlich so sehr zu genießen schien. Die Dinge ...
– nicht, daß sie es nicht versucht hätte. Zweimal sogar. Aber
Floyd hatte sofort aufgehört, als sie zu schreien begonnen
hatte. Ein anderer Mann im Swapklub hatte sie einmal so geliebt, bis es ihr gekommen war. Die wenigen Minuten schienen
zwei Stunden lang gedauert zu haben, und der verdammte
Kerl, ein Doktor, hatte noch gelacht, als sie am nächsten Tag
zu ihm gekommen war, um ihr süßes Paradies wieder behandeln zu lassen.

Einige der Klubmitglieder waren richtige Freunde. Sie und
Floyd mochten sie auch aus anderen Gründen als Sex – und es
würde vielleicht sehr nett für alle sein, wenn Dan und Sharon
mitmachten.

Aber sie und Floyd mußten behutsam vorgehen. Sie waren
sich natürlich bereits einig, sie wußten aus Erfahrung, daß man
verheiratete Paare verführen konnte, wenn man es geschickt
anstellte. Und dann würden sie auch swappen.

Betty seufzte. Sie mußte es einmal mit Dan machen. Er hatte
nur ein bißchen mit ihr geflirtet – vielleicht weil sie älter war
oder so –, und Sharon hatte keine Zeichen gegeben, daß sie
mehr Sex brauchte, als ihr so kräftig aussehender Mann ihr
verschaffte.

Wieder seufzte sie und legte sich auf die Seite und wandte
sich von ihrem schlafenden Ehemann ab. Sie dachte an Dan
MacKay. Vielleicht würden sie einmal alle zusammensein und
Telma würde es mit Sharon machen ... und als sie sich alles
ausmalte, steckte Betty ihren Finger in ihr Paradies und begann sich zu befriedigen.

Schließlich schlief Betty Denning ein, während sie an ihrem
Daumen nuckelte.

3

Dan McKay hatte keinen besonderen Plan. Er ging immer so vor. Nur durch sein Reden und Handeln hatte er bis jetzt jede Frau übertölpeln können, und er hatte sich wirklich noch nicht vorgestellt, wie er bei Betty Denning zu Geld kommen konnte.

Das hatte Zeit, bis er seine Hand an ihrem Döschen hatte – dies war im Augenblick das Wichtigste, und er glaubte nicht, daß es sehr schwierig sein könnte. Nicht zu forsch vorgehen, das war es, was er vorhatte. Sogar dann, wenn die attraktive Frau ihm ein bißchen zuviel weißes und so glatt aussehendes Fleisch zeigte –

»Ich bin froh, daß sie herübergekommen sind, Dan. Es ist ziemlich langweilig, den ganzen Tag so herumzusitzen. Wo kauft denn Sharon ein?«

Dan kicherte und hob die Augen von den nackten weißen Beinen und den fest aussehenden weißen Oberschenkeln. Seine dunklen Augen schienen amüsiert zu sein. Oder lag mehr hinter seinem Blick?

»Ich nehme an, daß sie in die Stadt gefahren ist, Betty.« Wieder kicherte Dan. »Ich gehe mit keiner Frau in irgendeinen Laden, um Lebensmittel oder so einzukaufen. Nicht einmal mit meiner schönen Ehefrau!«

»Ich glaube, ihr Männer seid in dieser Beziehung alle gleich«, lächelte Betty. »Ich kann auch Floyd nie dazu kriegen, mal mit mir durch die Läden bummeln zu gehen.« Betty senkte den Blick. »Sharon ist wirklich sehr schön, Dan. Eine der schönsten Frauen, die ich seit langer, langer Zeit gesehen habe.«

»Oh, besten Dank«, sagte Dan. Er wußte nicht genau, was

er aus dieser Bemerkung machen sollte. Aber vielleicht war es nur ein Teil des Geplappers, das ihre ganze Unterhaltung während der zwei oder drei Minuten gewesen war, seitdem er in das Apartment gekommen war.

Er betrachtete die Frau und sah, daß sie verdammt kurvenreich war, auch ihr Gesicht war ganz hübsch, doch mit Sharon gab es keinen Vergleich, und so würde es dumm sein, irgendeine Bemerkung zu machen, die eher Schaden anrichten konnte.

»Um diese Zeit bin ich meistens angezogen«, sagte Betty und sah Dan nicht an. »Aber ich hab' heute morgen lange geschlafen.«

»Lassen Sie sich bloß nicht vom Lunch oder so etwas abhalten«, meinte Dan und starrte auf ihren Oberschenkel. Wenn sie die Beine nicht übereinandergeschlagen hätte, dann wäre er sicherlich imstande gewesen, ihre Pussihaare neben dem Slip zu sehen. Er grinste. »Ich hab' schon vor einer Stunde gefrühstückt, und da es schon nach zwölf ist, können Sie sich denken, daß ich es mit dem Aufstehen auch nicht eilig hatte.«

»Ich hab auch schon Rühreier mit Toast gegessen«, sagte Betty, während sie langsam ihre rotes Frotteekleid über die Schenkel zog. »Und Kaffee getrunken. Möchten Sie etwas Kaffee haben, Dan?«

Wieder beschloß Dan, nicht zu schnell vorzugehen. »Hab' ich auch schon getrunken«, sagte er und sah, wie Bettys Augen durch die große Halle zu jener Tür schauten, hinter der die Treppe war, die zu dem großen Apartment führte.

Er wunderte sich, warum er das Dienstmädchen nicht vorher gesehen hatte. Die junge Negerin trug eine engsitzende weiße Uniform, die ihre Kurven betonte, und hatte ein breites Lächeln auf dem sehr hübschen Gesicht. Dann fiel ihm ein, daß er sie schon in dem Gebäude gesehen hatte und daß sie fast als weißes Mädchen durchgegangen wäre, wenn sie nicht so dunkelbraune Haut gehabt hätte. Sie gefiel ihm sehr.

»Kann ich noch etwas für Sie tun, ehe ich gehe, Mrs. Betty?«

»Nein, danke, Telma. Kommen Sie zum Dinner rechtzeitig zurück?«

»O ja«, sagte das Mädchen und sah Dan an. »Ich bin bestimmt um 4 Uhr wieder da.«

»All right. Oh! Das ist Mr. McKay, Telma. Ich – will hoffen, daß wir ihn und seine schöne junge Frau oft sehen. Es sind unsere neuen Nachbarn auf der anderen Seite. Dan, das ist das beste Dienstmädchen im ganzen Süden.«

Dan lächelte. »Hallo, Telma!«

»Ich bin sehr erfreut, Sie kennenzulernen, Mr. McKay.«

Schnell drehte sich das Mädchen um, und Dan betrachtete ihre gutgebauten braunen Beine und die Pobacken, die unter der weißen Uniform hin und her wackelten, und dann war sie verschwunden. Er fragte sich, ob Floyd Denning sie ab und zu mal umlegte; er konnte eine leichte Erregung in seinem Junior nicht unterdrücken, als er an die Möglichkeit dachte, sie selbst einmal zu orgeln.

»Telma ist wirklich ein Juwel«, sagte Betty. »Wir haben sie jetzt seit ein paar Monaten, und sie gehört fast zur Familie. Sie ist wie das dritte Mitglied unseres Haushalts, und Floyd mag sie genauso wie ich. Sharon hat mir gesagt, daß Sie später auch ein Dienstmädchen nehmen wollen.«

»Sowie wir richtig eingerichtet sind«, sagte Dan und sah, daß der Mantel sich oben gespreizt hatte. Absichtlich, vermutete er, während er die weißen Streifen und das tiefe Tal bewunderte. »Ich bezweifle allerdings, daß wir ein solches Juwel wie Ihre Telma finden werden. Vor allem meine ich ihr Aussehen.«

»Sie hat einen sehr schönen Körper«, bestätigte Betty. »Ich hab' sie schon ein paarmal nackt gesehen, und sie ist wirklich – nun, phantastisch wäre vielleicht das richtige Wort. Oder fabelhaft.«

»Dann müssen Sie aber ein bißchen auf Floyd aufpassen«, lachte Dan, der einmal sehen wollte, wie die Dinge liefen. Er hatte das Gefühl, daß Betty ziemlich scharf war – scharf auf eine Nummer –, aber er war in ihrem Apartment, und es war besser, alles ihr zu überlassen.

»Floyd ist nicht ganz der Mann, der er sein sollte«, sagte Betty, während sie Dan in die Augen sah. »Manchmal glaube ich – aber ich sollte lieber meinen großen Mund halten!« Sie lachte heiser. »Wissen Sie, ich erzähle alles viel zu unverblümt, und es würde Sie vielleicht sogar in Verlegenheit bringen oder schockieren.«

»Nun, Erwachsene können doch schließlich über alles reden, ohne verlegen zu sein«, konterte Dan, der sah, daß ihr Mantel von dem erregenden Oberschenkel gerutscht war und daß sie das lange Bein, das sie über das andere geschlagen hatte, rhythmisch hin und her schwang. Er grinste.

»Ich rede auch ziemlich offen«, meinte Betty und betrachtete ihr Bein, ohne sich die Mühe zu geben, den Mantel wieder darüber zu legen. »Das ist der Grund, warum es mir fast Spaß machen würde, wenn Floyd sich mal mit unserem Dienstmädchen einließe. Mein Mann hat gewisse Probleme, verstehen Sie, und wir sind so lange verheiratet, daß ich ihn ganz gern glücklich hätte. Sie werden sicher begreifen, warum ich mich so fühle, Dan.«

»Sicher, sicher«, sagte Dan. »Ja, natürlich. Aber das bedeutet doch, daß Sie auch gewisse Probleme haben, nicht wahr, Betty?«

Betty saß auf der Couch neben der Außentür, und Dan

hockte in einem großen Sessel ebenfalls neben der Tür. Als Betty den Kopf zurücklehnte und die Augen schloß, rutschte er auf ein Kissen der Couch.

»Ach, wissen Sie, ich hab' mich an all die Probleme gewöhnt, die durch die begrenzten Fähigkeiten meines Mannes entstanden sind, Dan.«

Dan starrte auf ihr Bein und erinnerte sich, daß einige Frauen ihm gesagt hatten, sie könnten einen Orgasmus bekommen, wenn sie sich so bewegten. Er spürte, wie sein Süßer sich gegen seine Shorts und die Hose drückte. Er zögerte, er war versucht aufzustehen und zu der offensichtlich bereits erregten Frau zu gehen, ohne etwas zu sagen, aber irgend etwas warnte ihn, es schon zu tun. Vielleicht wollte ihn die verheiratete Frau nur prüfen. Er war schon manchmal in solche dummen Situationen gestolpert und hatte sein Fett gekriegt.

»Meine Frau braucht keine Stimulierung, Betty. Nicht, wenn ich da bin, und glauben Sie nicht, daß wir wirklich ganz offen miteinander sprechen könnten?«

»Ich weiß, was ich will«, sagte Betty ruhig. »Wenn Sie es nicht wüßten, dann wären Sie sicherlich nicht hier.« Sie öffnete die Augen und lachte, ihre dunklen Augen schienen noch dunkler zu werden. »Aber vielleicht wollen Sie Ihre schöne junge Frau nicht betrügen.«

»Nun, ich bin hergekommen, weil ich glaubte, Sie brauchten ein bißchen was«, sagte Dan und stand auf. »Das, was ich eventuell mit Ihnen tun würde, würde Sharon bestimmt nichts ausmachen.«

Betty setzte sich auf, und ihr schwingendes Bein blieb ruhig über dem anderen liegen, dann zog sie das Bein zurück und starrte auf den Berg in Dans braunen Hosen. Er hatte noch keinen ganz richtigen Steifen, denn die engen Shorts und die Hose verhinderten das, aber es war doch eine Menge zu sehen.

»Ich glaube, wir haben nun lange genug drumherumgeredet«, sagte Betty und leckte über ihre vollen roten Lippen. »Ich bin froh, daß ich am letzten Abend Sharon kennengelernt und Sie eingeladen habe! Sie sind doch bestimmt keiner, der zögert, oder?«

Ihr leichter Mantel hatte sich geöffnet. Die schwarzen Haare um Bettys Süße waren kurz, entweder wuchsen sie so oder waren so geschnitten, und Dan war froh. Er mochte lange Haare um eine Pussi nicht. Die Zwillingshügel waren ziemlich klein und hoch, aber er konnte sehen, daß die rosa Spitzen bereits hart waren. Ihm gefiel, was er sah.

»Ich bin wegen der Einladung auch froh«, meinte Dan und blieb zwei Schritte vor Betty stehen. Sie hob die Augen nicht von dem, was sie offensichtlich faszinierte. »Ich werde alles tun, was Sie wollen, Betty.« Er kicherte. »Nun, wir können ja hoffen, daß es Sharon nicht herauskriegt. Ich möchte mein glückliches Heim nicht wegen ein paar Minuten –«

»Sagen Sie nicht Minuten«, unterbrach Betty. »Falls Sharon einkaufen gegangen ist, dann haben wir ein paar Stunden Zeit. Können Sie lange ficken, Dan? So viele junge Burschen machen es manchmal wie die Kaninchen.«

»Noch kein Mensch hat mich ein Kaninchen genannt«, sagte Dan und fragte sich, was die Frau wohl sagen würde, wenn sie wüßte, daß Sharon gar nicht einkaufen gegangen war. Er hatte sie belogen, denn wenn Betty vielleicht glaubte, seine Frau sei zu Hause, dann hätte sie den Anfang ihrer Beziehung auf ein andermal verlegt. Er hatte ziemlich wenig Geld, und es hätte bedeutet, daß sich Sharon nicht von Floyd verwöhnen lassen konnte.

»Ich will nicht, daß du denkst, ich bin eine Hure«, sagte Betty und leckte wieder über die Lippen. »Ich mach's wirklich gern, aber deswegen bin ich doch keine Nutte!«

»Du sollst so etwas nicht sagen«, meinte Dan. Was würde sie wohl sagen, wenn sie wüßte, daß er hoffte, für seine Dienste ein bißchen Geld zu kriegen? Er wartete ein paar Sekunden, und als Betty immer noch nicht aufsah, fragte er: »Möchtest du ins Schlafzimmer gehen, Betty?«

»Ich möchte am liebsten hier neben dir sitzen«, sagte Betty und lehnte sich zurück und betrachtete ihren nackten Körper. »Vielleicht will ich nur küssen und ein bißchen streicheln, und das ist dann alles.«

Vielleicht war sie nur ein bißchen nervös, aber falls sie kleine Spielchen mit ihm machen wollte, nun gut, er würde mitmachen. Er hatte so viele Frauen gekannt, die zuerst ein bißchen aufgemöbelt und dann genommen werden wollten, die es stimulierte, wenn Szenen gespielt wurden, Szenen, von denen manche Frauen nachts träumten, und dennoch bekamen sie es so selten.

Nun sah Betty zu ihm auf und lächelte, offensichtlich wartete sie darauf, daß er sich hinsetzte. Er tat es, ohne sie zu berühren, er drehte sich zur Seite und beäugelte ihre hohen und fest aussehenden Brüste. Ohne sie zu berühren konnte er sagen, daß die weiße Haut sehr glatt war. Sie hatte wirklich den Körper eines jungen Mädchens – äußerlich natürlich –, und er hoffte, daß Sharon in zehn Jahren noch genauso gut aussehen würde.

Dann starrte er auf ihre Lippen.

»Küß mich endlich«, flüsterte Betty.

4

Während er ihren geflüsterten Instruktionen gehorchte, griff er nach ihrem festen Oberschenkel, und Dan wußte sofort, daß er sich da ein feuriges Häschen eingefangen hatte. Denn Betty nahm seine Hand und schob sie zwischen ihre Beine, während er versuchte, seine Zunge so tief wie möglich in ihren Mund zu schieben.

Mit der ist was zu machen, dachte er zufrieden, als sie ihre Finger schnell zu seinem Steifen bewegte und ihn zu umfassen versuchte. Aber sie löste den Griff wieder und streichelte den von der Hose bedeckten Junior recht zärtlich, während die Hand hinter seinem Kopf sein Gesicht fester auf das ihre preßte.

Dan machte sich nichts aus spielenden Fingern, das war etwas für junge Leute an irgendeinem Platz, an dem man sonst nicht viel tun konnte, aber als Betty sich zu krümmen und zu winden begann und sich immer fester gegen seine Hand schob, drückte er seinen Mittelfinger in das bereits feuchte, heiße Fleisch ihrer Lust.

Immer wieder stieß sie ihren schlanken Schenkel gegen seine Hand. Aber nicht lange. Denn er fand sofort, als Experte, ihren Kitzler, und sie spreizte die Beine und warf sich seinen geschickten Liebkosungen immer wieder entgegen.

Er war entschlossen, Betty die Führung zu überlassen, weil er wußte, daß er das tun mußte, wenn er irgend etwas dafür bekommen wollte – irgend etwas, das seine Brieftasche ein bißchen auffüllte. Und so spielte er mit seiner Zunge in ihrem offenen Mund und küßte sie leidenschaftlich. Es gefiel ihm recht gut, besonders aber gefiel ihm die Art, wie sie an seiner

Zunge zu saugen begann, dennoch hielt er es für ziemlich dumm, daß sie nicht dort seinen Süßen haben wollte, wo jetzt sein Finger steckte.

Sicherlich konnte sie sich doch vorstellen, daß bei der Länge seines Schnuckis allerhand für sie drin war, und er wußte wirklich nicht, warum sie sich nur stimulieren ließ und nicht das letzte von ihm verlangte.

Plötzlich drückte Betty ihre Schenkel fest gegen Dans Hand und zog ihren Mund von seinen Lippen zurück. Ihre dunklen Augen sprühten, und sie lachte heiser. Sie hatte auch aufgehört, sich hin und her zu bewegen, und Dan unterließ fast automatisch jede Bewegung seines Fingers, er wußte, daß sie so keinen Orgasmus haben wollte, sonst hätte sie ihn weiter bei seinen Bemühungen unterstützt.

»Ich wollte dich bloß ein bißchen testen, Dan! Ich wollte mal sehen, ob du Hemmungen hast oder nicht!«

»Da hättest du mich nicht zu testen brauchen, das hätte ich dir auch sagen können«, meinte Dan kichernd, während er sich darauf vorbereitete, nun endlich aufs Ganze zu gehen. Was sie da gemacht hatte, war doch Unsinn. Er senkte seinen Blick auf ihre entblößten Brüste. »Sehr nett, Betty, und ich möchte ganz gern mal daran saugen.«

»Ich hab' noch nie einen Mann gekannt, der es nicht getan hätte«, sagte Betty ruhig und entspannte sich unter seiner Hand. »Möchtest du noch etwas Besonderes tun? Vielleicht das, was du mit deiner schönen jungen Frau tust?«

»Nun, das ist mein Problem«, sagte Dan und schützte Verlegenheit vor, während er entschlossen war, ihr in jedem Fall zu beweisen, was er konnte. Vielleicht bildete sich Betty ein, Sharon sei zu damenhaft, um auf alle möglichen Arten zu lieben. Er mußte sich eine Entschuldigung dafür ausdenken, daß er so scharf darauf war, seine schöne junge Frau zu betrügen.

»Na also«, forderte ihn Betty auf. »Du kannst mit mir über alles sprechen, Dan! Ich bin doch nicht viel älter als du, aber du handelst und siehst viel jünger aus als ein Mann von achtundzwanzig.«

»Ich habe ein ziemlich leichtes Leben gehabt«, erklärte Dan lachend, zog die Hand zurück und stand auf, als Betty seinen Steifen losließ.

»So ist es aber auch Sharon ergangen. Sie lebte immer im Schoß ihrer Familie, bis ich sie heiratete. Ich nehme an, daß sie vielleicht aus diesem Grund so – so rückständig in der Ehe ist.«

Bettys Zunge zuckte heraus und glitt über die vollen Lippen und befeuchtete sie. »Willst du mir damit sagen, daß deine Frau Hemmungen hat und daß du nicht genug bekommst, Dan?«

»Ja«, log Dan und trat etwas näher, um Betty ins Gesicht sehen zu können. »Ich habe Frauen gehabt – nun, sie waren oft sehr nett zu mir und haben viel für mich getan, ich meine, ich weiß schon, daß es besser ist, sich ungehemmt dem Sex hinzugeben. Aber Sharon weigert sich sogar, darüber zu reden. Sie hält das für unmoralisch, und das ist der Hauptgrund, warum ich ab und zu mal einen Seitensprung wage.«

Dan war nicht überrascht, als Betty auf der Couch nach vorn rutschte und sich vor ihn hinkniete. Sie murmelte etwas wie, sie wollte es nun endlich sehen und berühren ... und er öffnete seinen Gürtel, als sie begehrlich den Reißverschluß herunterzog. Seine Hose rutschte auf den Teppich, und sie griff hinein und zog seinen mächtigen Burschen heraus. Während ihre Finger ihn streichelten, lehnte sie sich zurück, anscheinend um ihn besser sehen zu können, und er mußte dem Impuls widerstehen, vorzuschlagen, daß sie sich ganz ausziehen sollten und Dinge tun, wie sie eben Erwachsene tun. Es war ihre Show, ihr Apartment, und wenn sie sich kindisch benehmen wollte ...

Dan konnte ein leichtes Aufstöhnen nicht unterdrücken, als Bettys Gesicht plötzlich vor seinem Süßen war und sie den Steifen in ihren Mund stieß. Ihr Mund war heiß, eine köstliche Sensation – und sie wußte, was sie mit ihrer Zunge anzufangen hatte, denn sofort berührte sie die empfindlichen Stellen.

Unwillkürlich griffen seine Finger in ihre schwarzen Haare, während er versuchte, gegen seine Lust anzukämpfen, aber schließlich war er sicher, daß es bei ihm immer lange dauerte. *Falls* sie ihre Lutscherei nicht allzu lange fortsetzte, dachte er, während er die Finger aus ihrem weichen Haar zog und schnell seine weißen Shorts aufknöpfte.

Er zog sie über die Hüften, ließ sie über die muskulösen Oberschenkel und Beine rutschen, und dann lagen sie unten auf seiner Hose.

Dan fragte sich, ob die geile Frau vielleicht beabsichtigte, ihn so zum Spritzen zu bringen. Eine ihrer Hände war nun an seinem nackten Hintern, die zärtlichen Finger der anderen spielten mit seinem schweren Dingdong.

Es war doch eine prima Sache, überlegte er, daß ich Sharon vorher noch einmal geliebt habe. Es war nur wenige Augenblicke vor seinem Auftauchen bei der Nachbarin geschehen und eine Art Versicherung, daß er sich nicht allzu schnell ergoß – in gewissem Sinne war es allerdings ein einkalkuliertes Risiko –, aber er hatte wirklich nicht an die Möglichkeit gedacht, daß ihm Betty sofort einen blasen würde. Jedenfalls nicht beim ersten Alleinsein.

Doch: Was war schon dabei? Er konnte in den zwei Stunden, die Betty erwähnt hatte, gut und gern zwei Höhepunkte haben. Vielleicht war es sogar eine gute Idee, gerade jetzt den Vorschlag zu machen. Er war dazu bereit. Und vielleicht erwies es sich als ganz geschickt, wenn er einen finanziellen Profit herausschlagen wollte, dieser lüsternen Type zu zeigen, daß er auch völlig ungehemmt sein konnte.

Aber ehe Dan sich darüber klargeworden war, ob er etwas sagen sollte oder nichts, sie vor allem zu warnen, daß es in ein oder zwei Minuten passieren würde, zog Betty den Mund zurück. Ihre dunklen Augen glühten vor Leidenschaft, ihre Wangen waren gerötet, und ihre nassen Lippen zitterten, als sie sprach.

»Ich glaube, wir sollten dieses hübsche große Ding dort hinstecken, wohin es gehört, Dan! Gerade hier und jetzt meine ich, und später können wir dann ins Schlafzimmer gehen und uns ein bißchen Zeit nehmen.«

Er sah, wie sie ihren leichten Mantel über Schultern und Arme gleiten ließ, und da stand sie nun und war vollkommen nackt. Sicher, dachte Dan, ist der dicke Teppich genauso gut wie ein Bett.

Er war nun doch ziemlich scharf darauf, sie ein bißchen aufzuspießen, denn schließlich war sie neu für ihn, und vielleicht benahm sie sich anders als andere, und er konnte wenigstens noch drei oder vier Minuten weitermachen, wenn er bei den Bewegungen ein bißchen vorsichtig war.

»Zum Beispiel so«, sagte Betty und setzte sich mit ihrem ziemlich breiten Po auf die Couch. Sie spreizte die Beine, die weißen Oberschenkel und benutzte die Finger, um die kurzen schwarzen Haare zur Seite zu schieben.

»Auf die Knie, meine ich, und dann steck mir deinen Steifen in meine heiße Kleine. Macht's dir etwas aus, wenn ich so spreche? Ich finde wirklich nichts dabei, und solche Worte erregen mich nur noch mehr. Beeil dich doch, verdammt noch mal! Ich bin schon naß genug, und er wird ganz schnell reinrutschen!«

Dan knöpfte sein Sporthemd auf, während er die dicken Lippen betrachtete, die so einladend entblößte Muschi, und er gab sich keine Mühe, ihr zu sagen, daß es ihm scheißegal war, wie sie redete. Viele Frauen sagten und hörten die sogenannten schmutzigen Ausdrücke, und wenn sie wollte, dann konnte er während des Pimperns natürlich auch so sprechen.

Während er darüber nachdachte, beschloß er, das Hemd oder Hose und Shorts, die um seine Knöchel hingen, nicht auszuziehen, und so ließ er sich auf die Knie nieder und schob sich zwischen Bettys gespreizte Oberschenkel. Ihr Po quetschte sich auf der Couchkante breit, und ihre gierige Muschi wartete auf seinen ebenfalls gierigen Junior; als er die richtige Höhe erreicht hatte, ließ er sie wieder die Führung übernehmen.

Im nächsten Augenblick schlüpfte die Nille in die feuchte warme Grotte, und Betty hatte ihre Finger zurückgezogen. Dan legte seine Hände auf ihre Hüften, rückte sich etwas zurecht und fragte sie dann, wie sie es haben wollte.

»Fest und tief«, sagte Betty. »Langsam und überlegt. Ich möchte nämlich, daß es sehr, sehr lange dauert. Verstehst du?«

»Sicher«, antwortete Dan, denn schließlich hatte er den gleichen Gedanken gehabt. Er schob die Eichel ein Stückchen hinein, während er in Bettys Gesicht sah, und genoß es zu sehen, wie sich ihr Gesicht langsam verzerrte, als er etwas nachdrückte. »Soll ich mit dir sprechen, um dich noch mehr aufzugeilen?«

»Es ist nicht nötig«, sagte Betty und schloß die Augen und kaute an ihrer Unterlippe, als Dan seinen Hammer etwas tiefer versenkte. »Eigentlich wollte ich nur deine Reaktion testen. Als ich die Wörter benutzte, meine ich. Spricht Sharon auch so? Floyd und ich haben beide den Eindruck, daß deine Frau irgendwie – nun, ich hasse es zu sagen, prüde ist, aber Sharon ist sicherlich ein bißchen altmodisch. Verglichen mit den meisten jungen Frauen von heute, meine ich, und wir beide sind uns letzte Nacht einig geworden, daß sie dich wahrscheinlich niemals betrügen wird.«

Dan hielt es für besser, Betty – oder ihrem Mann – keine Aufklärung zu geben. Der Frau vor sich antwortete er jedenfalls nicht mit Worten. Er antwortete mit seinem Körper und benutzte seinen steifen Schaft, um die Konversation für die nächsten Minuten zu beenden, sie in stöhnende und keuchende Laute zu verwandeln, die aus Bettys Mund kamen, als er seinen Speer in ihr fiebriges Fleisch stieß.

Sie beantwortete Stoß für Stoß, sie nahm alles von ihm auf, griff nach seinem Rücken und nach seinen Schultern, schlang ihre Beine um seine Taille und warf den Unterleib hoch, so hoch, daß sie praktisch auf den Schultern stand. Dan hoffte nur, sie würde keinen Bandscheibenschaden davontragen.

Aber das war ihre Sache. Warum sollte er sich darum kümmern? Dann spürte er, daß es ihr immer und immer wieder kam, sie schien vor Ekstase wie verrückt zu sein, während er noch genauso stark wie am Anfang war. Vielleicht noch stärker, er hatte sozusagen den zweiten Wind bekommen, und nun war er wirklich dankbar dafür, daß er Sharon genommen hatte, ehe er Betty besuchte.

Denn Betty schien unersättlich zu sein, darüber gab es keinen Zweifel, er mußte das in Betracht ziehen, sein Vögeln dementsprechend einrichten. Natürlich würde sein Job etwas schwieriger werden, wenn sie so wild lieben konnte. Das bedeutete aber auch, daß er vielleicht etwas Besonderes mit ihr machen mußte – etwas, das sie immer wieder von ihm verlangte.

»Kommt es dir nicht, Dan?«

»Ich wollte dir doch nur eine Freude machen«, sagte Dan bescheiden, während er in ihre dunklen Augen sah.

»Vielleicht möchtest du eine andere Position ausprobieren, Betty.«

»Und vielleicht möchte ich geküßt werden«, sagte Betty.

Dan küßte ihren Mund, er stieß seine Zunge hinein, und seine Hände bewegten sich über den Brüsten mit den spitzen Knospen. Er spielte damit, bis sie sich wieder gegen ihn zu bewegen begann. Sie liebte sich gewissermaßen auf seinem Junior selbst, speerte sich auf ihm auf, genoß die tiefen Stöße, und er war dankbar für den weichen Teppich, denn seine Knie hätten es auf dem Boden allein nicht ausgehalten.

Bald zog Betty ihren Mund zurück und sagte ihm, daß sie sich nun auf ihn setzen wolle. Dan rutschte herunter und zur Seite und dachte, sie würden nun ins Schlafzimmer gehen, aber Betty wollte den heißen Trip auf dem dicken Teppich weitermachen.

Dan war es egal; er war nicht überrascht, daß er schließlich ebenfalls ganz nackt war, er hatte gar nicht bemerkt, daß sie ihn ausgezogen hatte. Anscheinend wollte sie es vor allem jetzt mit ihrem Mund machen. Sie benutzte seine Shorts, um seinen Süßen abzutrocknen, und er sah zu, wie sie in ekstatischer Glückseligkeit arbeitete. Nun ja, sie war schon eine sehr gute Lover-Frau.

Er war bereit, den Kampf noch einmal aufzunehmen. Jetzt oder etwas später. Aber sie hatte sich etwas zurückgezogen, offensichtlich schien sie im Augenblick von den Höhepunkten befriedigt zu sein, die sie schon erlebt hatte. Er tat auch nichts, er ließ sie mit ihrem heißen Mund seinen Steifen bearbeiten, und dann spürte er plötzlich, daß er sich ganz schnell dem Orgasmus näherte, seine Erregung war so stark, daß es nur noch

Sekunden dauern konnte, bis er spritzte, aber da hörte Betty auf.

»Vielleicht das nächstemal«, flüsterte Betty, während sie die Beine schnell über ihn warf.

Gestützt auf Hände und Arme, die Augen geschlossen, das hübsche Gesicht leidenschaftlich verzerrt, bewegte sich Betty langsam auf seinem Pimmel auf und ab. Die kleine Pause hatte Dan genügt, um sich wieder unter Kontrolle zu haben. Aber sehr lange konnte es nicht mehr dauern.

Es ist doch ein gewaltiger Unterschied, bei einer Frau zu sein, die anders als die eigene ist, überlegte Dan. Bei Sharon konnte er – nun, da konnte er selbst alles so tun, wie *er* wollte. Da war es ein Spaßvergnügen. Doch bei anderen Frauen, wie Betty zum Beispiel, mußte er alles als einen Job ansehen. Liebe war hier keine Schlacht, kein Stärketest, es war ein Trip, um einen Profit herauszuholen.

Oder einen möglichen Profit, verbesserte sich Dan, als er sah, daß Bettys Augen wieder weit geöffnet waren. In den dunklen Tiefen schien Überraschung zu liegen, und er grinste und zog seine Finger von ihrem Po zurück. Sie mußte wissen, daß es ihm gleich kommen würde.

»Möchtest du noch eine andere Position ausprobieren, Betty?«

Doch Betty ließ sich noch weiter herunter und blieb sitzen, während ihre inneren Muskeln spielten. Dieses Mal schloß Dan die Augen. Er biß die Zähne zusammen.

»Dreh mich herum, ohne den Kontakt zu unterbrechen«, flüsterte Betty, während ihre inneren Kontraktionen aufhörten.

Dan öffnete die Augen, und es gelang ihm, das zu tun, was sie gesagt hatte. Als er oben lag, legte sie ihre Beine um seine Taille und ihre Arme um sein Genick, und er schob seine Hände unter sie und packte ihren wackelnden Po. Und dann hatte er sich zurechtgelegt und stieß noch ein paarmal mit aller Kraft zu, und schon spritzte der heiße Saft aus ihm heraus und verschwand in der Tiefe.

Nach einer Weile sagte sie: »Sharon ist eine sehr glückliche junge Frau, Dan. Ich glaube, wenn ich einen Mann wie dich hätte, dann brauchte ich mein Eheversprechen nicht so oft zu brechen.«

Ein paar Minuten waren vergangen. Dan ruhte sich aus, sorgfältig darauf bedacht, sich auf Bettys Körper nicht allzu schwer zu machen. Er hob sein Gesicht aus ihrem angenehm duftenden Haar und sah ihr in die glänzenden Augen.

»Ach, weißt du, es gibt noch 'ne Menge Dinge, die Sharon nicht mag, die ich aber gern einmal tun würde, Betty. Es sei denn, du bist müde und möchtest, daß ich gehe.«

»Gehen? Glaubst du vielleicht, ich schicke dich weg!«

Betty hob die Hände und streichelte Dans Gesicht. »Honey, wenn es sein müßte, würde ich dich sogar dafür bezahlen, daß du bleibst!«

Dan fragte sich, ob die Frau irgendwie seine Absichten spürte oder erriet.

»Ich glaube, ich würde bezahlen, damit ich hierbleiben kann«, sagte er kichernd. »Sofern ich es mir leisten könnte. Im Augenblick habe ich nur ein begrenztes Einkommen, und ich fürchte, daß Sharon und ich vielleicht ein zu teures Apartment gemietet haben.«

»Was arbeitest du denn, Dan? Ich hoffe, ich werde nicht zu persönlich.«

»Im Augenblick nichts Gescheites«, meinte Dan grinsend. »Weißt du, ich bin ganz gern ein bißchen faul.«

»Aber nicht, was den Sex angeht«, lachte Betty. »Nein, beim Lieben bist du nicht faul. Ich merke nämlich schon, wie dein Kleiner wieder länger wird.«

»Ich hab' ein bißchen Geld geerbt, Betty. Auch Sharon hat eine Erbschaft gemacht und bekommt jeden Monat einen Scheck. Die meiste Zeit über geht es uns auch ganz gut. Ich bin ein sehr guter Pokerspieler, und ab und zu verdiene ich mir da ein paar Kröten. Und wenn unsere Schecks später kommen, dann beteilige ich mich irgendwo an einem Spiel, und so kommen wir über die Runden.«

»Ich spiele auch gern Poker«, meinte Betty. »Zwar nicht sehr gut, aber mit viel Spaß, auch wenn ich verliere.«

»Dann kannst du den Spaß von mir mal ab und zu haben«, sagte Dan, der froh war, daß er das Spielen erwähnt hatte, und ärgerte sich, warum er an so etwas noch nicht gedacht hatte.

»Ich werde dich aber wiedersehen, Dan? Noch heute, meine ich.«

»Na klar«, antwortete Dan. »Auch wenn Sharon nicht einkaufen oder sonstwo hingeht, dann kann ich immer mal schnell zu dir herüberhuschen. Wenn sie es nicht herauskriegt, natürlich. Wie ich schon sagte, ich möchte sie nicht verlieren. Sie würde mich bestimmt nie betrügen, und sie würde keine Minute bei mir bleiben, wenn sie herausbekäme, daß ich hier bei dir wäre. Sie ist ein bißchen prüde. Da hattest du schon recht. Und wie ist es mit deinem Mann? Würde Floyd verrückt spielen, wenn er von uns wüßte?«

Dan merkte, daß Betty mit der Antwort zögerte, und er fragte sich, ob sie sich eine Lüge ausdachte. Er hatte das bestimmte Gefühl, daß die beiden ganz gern ab und zu mal Seitensprünge machten. Vielleicht waren sie sogar richtige Swapper.

»Ich vermute schon, daß Floyd ahnt, daß ich's mal mit anderen Männern mache«, erklärte Betty schließlich. Sie lachte heiser. »Aber wenn's zum Sex kommt, ist er ziemlich altmodisch. Nun ja, du würdest sicherlich auch nicht bei Sharon bleiben, wenn du herausbekämst, daß sie es mit anderen Männern macht, oder?«

»Niemals«, sagte Dan und beschloß, daß Sharon sich morgen sofort um Floyd kümmern mußte. Er beugte sich über Betty und küßte sie. »Sollen wir nicht erst einmal duschen?«

»Und dann?«

»Nun, wir werden uns schon was Aufregendes und Interessantes ausdenken«, sagte Dan und zog seinen Dani zurück. Er war halbhart, aber er wußte, daß er sofort steif werden würde, wenn Betty ihn ein bißchen streichelte.

Betty benutzte wieder seine Shorts und sagte, sie würde sie später auswaschen und trocknen, ehe er ginge, und Dan stand auf und half Betty aus dem Bett. Sie ließ sich von ihm durch das große Wohnzimmer und den Flur führen, aber sie brachte ihn nicht in das Badezimmer, in dem er am Vorabend ein paarmal gewesen war.

Dan starrte auf die Spiegelwände, auf das größte Bett, das er je gesehen hatte, den Spiegel an der Decke, und Betty lachte und schob ihn in das angrenzende Badezimmer. Aber er blieb auf der Schwelle stehen und betrachtete das wirklich phantastische Schlafzimmer, während Betty die Dusche in der Kabine regelte. Plötzlich wünschte er, Sharon könnte das Schlafzimmer mit den Spiegeln sehen und sie wäre auf dem riesigen Bett bei ihm anstelle von Betty.

Doch bald vergaß er seine Frau, als er zu Betty in die Duschkabine trat. Sie wuschen und erregten einander, und als sie sich schließlich abgetrocknet hatten, hatte er schon wieder einen gewaltigen Steifen.

Dan hob Betty hoch und trug sie ins Schlafzimmer. Er warf sie auf das große Bett und sah zu, wie sie auf der Matratze auf und ab hüpfte, und es war interessant, ihren nackten Körper in den vielen Spiegeln zu sehen.

Als sie sich auf den Rücken gelegt hatte, öffnete sie Arme und Beine, und er kroch ins Bett.

Sie spielten eine Weile miteinander, streichelten sich, er zog an den Spitzen, sie schob die Vorhaut zurück, es war ein ziemlich erregendes Vorspiel, bis er schließlich Betty auf den Rücken drückte und an ihren festen Brüsten und harten Knospen saugte, während Betty mit ihren Händen versuchte, immer mehr ihre Süßen in seinen Mund zu schieben.

Nach einer Weile begann sie zu stöhnen, und Dan rutschte ein Stückchen herunter, und seine Zunge glitt über ihren zitternden Bauch, bis er sein Gesicht in der nassen Grotte vergrub.

Sie warf sich hoch und drückte ihm die Fingernägel in die Kopfhaut. Schnell fand er ihre steife Klitoris und leckte sie, und als er merkte, wieviel Lust er ihr dadurch verschaffen konnte, nahm er sie in den Mund und leckte und saugte, aber er ging nicht auf ihr Drängen ein, sich so herumzudrehen, daß sie seinen Junior in den Mund nehmen konnte.

Dazu war noch lange Zeit, im Augenblick war er viel mehr daran interessiert, ihr eine Nummer zu verpassen, die sie so leicht nicht vergessen würde, denn das kam seinen Absichten am meisten entgegen. Er wußte, daß er bei dem, was er tat, ein wahrer Experte war, das hatten ihm immer wieder die Frauen gesagt und sogar Lesbierinnen bestätigt.

Auch Sharon, die es ab und zu mal mit Frauen machte, hatte ihm erklärt, daß er genauso gut sei wie jede andere Frau, wenn es darum ginge, die empfindlichste Stelle einer Frau zu stimulieren.

Und während Dan sie so bearbeitete, brachte er Betty zu einer ganzen Reihe mächtiger Orgasmen. Er wußte nicht, wie viele es waren, und es war ihm auch egal. Es genügte, daß er ihr diese Lust verschaffte, denn nur dann würde sie ihn immer wieder haben wollen. Sie stieß immer wieder unverständliche Worte hervor, aber er wußte, daß sie ihm damit sagen wollte, wie sehr es ihr gefiel, was er tat. Doch nun mußte er aufhören, er wollte ihr Nervensystem nicht allzusehr strapazieren, und Dan hob den Kopf und starrte in Bettys glänzende Augen.

»Du bist schon eine Wucht, Dan! Du mußt verdammt viel Übung haben. Und so etwas will Sharon nicht von dir gemacht haben?«

»Sharon würde glauben, ich hätte den Verstand verloren«, antwortete Dan und schob sich zurecht und drückte seinen Dani in ihre jetzt sehr schlüpfrige Lust. Er kicherte. »Ich hol mir meine Praxis von willigen Frauen, wie du es bist.«

»Du bist genauso gut wie die Frauen, die ich bisher gehabt habe«, meinte Betty, während sie mit der Hand seinen Schaft nachschob. »Stimmt. Langsam und ruhig. Du kannst sagen, was du willst, das gefällt mir aber noch besser. Fang noch nicht mit dem Stoßen an! Laß ihn erst ein bißchen in meinem Saft baden! Oder du hast es eilig und kannst nicht warten.«

»Ich kann warten«, entgegnete Dan, der die warme Nässe genoß; er hatte sich auf Hände und Arme gestützt. »Machst du es denn so richtig mit Frauen, Betty?«

»Bis jetzt noch nicht«, sagte Betty. Sie lachte. Und dann: »Na ja, ich hab' schon oft daran gedacht, auch mal eine Frau so richtig zu verwöhnen.«

Dan fiel ein, daß Sharon ihm gesagt hatte, sie sei neugierig darauf, wie es wohl sein müßte, wenn sie die aggressive Rolle bei Lesbierinnen übernehmen würde; und wie froh sie sei, nicht bloß auf andere Weiber angewiesen zu sein.

»Ich verstehe, daß es da verschiedene Gefahren gibt, Betty. Warum willst du etwas ausprobieren, wenn dir wirklich nicht der Sinn völlig danach steht?«

»Weil ich eben ich bin, denke ich«, sagte Betty. »Außerdem

ist es irgendwie ein Wunsch von mir. Ich werde es vielleicht mal mit Telma probieren.«

»Telma? Das Dienstmädchen? Ist sie schwul?«

»Sie ist bi-sexuell«, erklärte Betty lächelnd. »Telma macht's mit jedem. Willst du sie mal ficken? Du brauchst mich gar nicht so überrascht anzusehen. Und auch nichts mehr zu sagen! Als ich dir die Frage stellte, da ist dein Kleiner in mir ganz schön angeschwollen!«

Dan hatte das Gefühl, als ob er die Kontrolle über die Situation völlig verloren hätte. Wenn Betty so viele Möglichkeiten in ihrem Sexleben hatte, wenn das hübsche Negermädchen ihr immer zur Verfügung stand, wie zum Teufel sollte er aus dieser heißblütigen Frau für seine Dienste Geld herausholen? Höchstens vielleicht durch das Kartenspiel, obwohl – ja, natürlich konnte sich Sharon von Floyd umlegen lassen.

»Soll das ein Hinweis sein, daß wir's mal zu dritt machen könnten?« fragte er grinsend und war plötzlich der Meinung, daß die Vögelei für ihn vielleicht noch wichtiger war als das Geld.

»Darüber reden wir später«, sagte Betty und bewegte ihre Pobacken hin und her und drückte mit ihren inneren Muskeln den Schaft seines Steifen. »Und nun hau zu, Honey! Jag dieses prächtige Gehänge in mich!«

Dan McKay, von dem Gedanken erregt, die hübsch gebaute braune Negerin zu erleben, die er nur kurz gesehen hatte, gehorchte ihr und legte los wie ein Bulle – bis sie endlich zu einem gemeinsamen Orgasmus kamen und nach Atem rangen.

5

Sharon McKay warf einen Blick auf die Küchenuhr. Zehn Minuten nach drei. Sie seufzte und hob die Kaffeetasse hoch. Sie trank und dann stand sie auf und trug die Tasse zur Spüle. Ein Bier würde bestimmt besser schmecken als dieser heiße Kaffee. Sie hatte schon drei oder vier Tassen voll getrunken, seitdem Dan gegangen war.

Sie holte sich eine Bierdose aus dem Kühlschrank und trank und ging dann ins Wohnzimmer. Sie hatte schon gebadet und dachte daran, sich anzuziehen. Vielleicht würde Dan sie zum Essen ausführen. Sie hatte wirklich nicht viel Lust zu kochen. Sie hatte das Apartment in Ordnung gebracht, und alles war spiegelblank – vielleicht sollte sie wirklich am Nachmittag ausgehen. Zuerst warf sie sich jedoch auf die Couch. Warum war sie so nervös? Es war doch nichts Ungewöhnliches geschehen!

Ihr dünner Morgenmantel fiel auseinander, und sie spürte die kalte Bierdose an der Spitze ihrer rechten Brust. Sofort wurde eine harte Spitze daraus. Sie tat das gleiche mit der linken Brust, und das gleiche passierte. Sie lächelte. Es würde Dan schon recht geschehen, wenn sie sich auch ein bißchen Erleichterung verschaffte, während er in dem anderen Apartment pinselte.

Sie trank wieder, und dann starrte sie auf ihre erigierten Knospen. Wieder berührte sie sie abwechselnd mit der kalten Blechdose. Waren Bettys Nippel sehr empfindlich? So empfindlich wie ihre? Genoß es Dan, an Bettys Brüsten zu saugen, so wie er es immer bei ihr genoß? Gab ihm Bettys Körper so viel wie ihr Körper?

Sharon setzte sich auf und leerte die Bierdose. Sie stellte sie auf den Tisch und legte sich wieder auf die Couch. Und wieder sprang ihr Bademantel auf und zeigte ihre wundervolle Nacktheit. Warum mußte sie Dan lieben? Alles würde so einfach sein, wenn sie ihren Mann nicht liebte.

Nein, natürlich würde sie ihn nicht verlassen. Aber ihre Liebe machte sie immer eifersüchtig. Wenn sie Dan vielleicht nur mochte, dann würde sie ganz glücklich sein. Es war nicht nur der Sex, den sie liebte. Sie liebte es, bei ihm zu sein, mit ihm zu leben – aber das war ja alles Quatsch!

Drei Jahre. Seit drei Jahren liebte sie Dan, und in all diesen drei Jahren hatte sie immer gehofft, er würde ihr auch einmal sagen, daß er sie liebte. Er tat es ohne Zweifel. Vielleicht hätte sie ihm nichts von ihrem früheren Beruf sagen sollen. Dennoch war sie froh, daß sie ihn nicht angelogen hatte, als sie heirateten. Sie hätte auch ohne Eheschließung mit ihm gelebt. Übrigens hatte sie nur zeitweise gehurt. Und eine leidenschaftliche Nutte war sie noch gar nicht gewesen, als sie Dan kennengelernt hatte. Ja, sie hatte ihn von Anfang an geliebt.

Wie lange war sie auf den Strich gegangen? Ungefähr sechs Monate. Heute sagen die meisten Prostituierten, sie seien Callgirls. Warum eigentlich? Wo war der Unterschied? Hure, Nutte, Prostituierte, Callgirl – eins war so gut und so schlecht wie das andere. Ja, es gab welche, die nannten sich Partygirl. Und dennoch machten sie nur herum, wenn sie Geld dafür bekamen.

Vielleicht war sie nur Profi geworden, weil sie keine Familie mehr hatte. Obwohl es den anderen weiblichen Waisen nicht fair gegenüber war, die nie Nutten geworden waren. Sie hatte in dem Heim eine gute Kindheit verlebt. Auch ihre schulische Erziehung war gut gewesen.

Im Heim hatte sie entdeckt, was ihre Kleine ihr geben konnte. Sie hatte sich immer auf ihre Finger verlassen und manchmal auf Bürstenstiele oder andere Sachen, und dann hatte sie einen Job gekriegt, und man hatte ihr erlaubt, das Heim zu verlassen.

Wie hieß der Kerl eigentlich – ihr erster Boß? Ach, was sollte sein Name? Aber er war ein großer Kerl gewesen. Doch damals hatte sie keine Ahnung gehabt. Immerhin war der kleine Bursche steif geworden und hatte seine Arbeit erledigt.

Praktisch hatte er sie sozusagen eingeweiht.

Aber es war gut gewesen. Sehr gut. Sie hatte sich kaum gewehrt. Wenn sie jetzt zurückdachte, dann hatte sie sich wirklich nicht gewehrt. Nur so zum Schein ein bißchen. Es war schon aus ihrer Süßen herausgelaufen, als er seine Hände auf dem Schlitz ihres Slips gehabt hatte. Und sie hatte ihm sogar noch geholfen, seine Hose auszuziehen.

Neben ihrem Scheck bekam sie nun fünf Dollar in der Woche mehr. Und das war einige Wochen so gegangen, bis der Boß in eine andere Stadt versetzt worden war. Um von ihr loszukommen, wie sie glaubte, denn so vital war er gar nicht gewesen. Im Grunde genommen ein stupider Bursche. Einmal hatte sie ihm an einem Nachmittag blitzschnell einen geblasen, aber er hatte sich stets geweigert, das auch bei ihr zu tun.

Ihre meiste Erfahrung hatte sie aus Büchern gesammelt. Der zweite Boß, ja, der war sehr für orale Tätigkeit gewesen. Er schien sie sogar vorzuziehen. Er war um die Vierzig, älter als der erste Chef mit dem kleinen Schwänzchen, aber sein Speer – sie hatte es eigentlich erst später entdeckt, bei anderen Männern natürlich – war sogar überdurchschnittlich gewesen.

Auch er hatte ihr fünf Dollar jede Woche geschenkt.

Und mit der Zeit hatte sie doch gelernt, wie man einen Mann herumbekam. Genauso wie sie nach und nach erfahren hatte, warum manche der Frauen so viel Geld für wenig Arbeit bekamen. Eine Süße war schon eine Menge Geld wert. Alles im Leben schien sich um Sex zu drehen – und so war es ganz einfach gewesen, langsam zur Hure zu werden.

Eine ältere Frau hatte ihr beim Start geholfen. Donna Powell hatte sie in die sexuellen Möglichkeiten zwischen zwei oder mehr Frauen eingeführt. Donna war um diese Zeit zweiunddreißig Jahre alt gewesen. Sie hatte die große und sehr attraktive Rothaarige in einer Bar getroffen, als sie eines Abends auf der Suche nach einem Mann gewesen war, auf der Suche nach einem Steifen, um ein bißchen Spaß zu erleben. Und an diesem Abend hatte sie entdeckt, wie es war, wenn es Frauen miteinander machten. Einfach köstlich.

Seltsamerweise war die größte Überwindung gewesen, sich von einer anderen Frau auf den Mund küssen zu lassen. Und das war geschehen, als sie kaum in Donnas Apartment gekommen war. Aber ihre Leidenschaft hatte den Schock, die Zweifel, die Angst oder was es war, schnell überwunden. Ja, Donna war eine richtige Wildkatze gewesen. Und – sie hatte eine Wildkatze aus ihr, Sharon, gemacht.

Schließlich hatte ihr Donna vorgeschlagen, doch einfach Geld dafür zu nehmen und Callgirl zu werden – oder Hure –, sich einfach durch Vögeln mehr Dollars zu verschaffen. Donna kannte viele Frauen, die das taten. Sogar verheiratete. Vielleicht war die Erfahrung wichtig gewesen, denn nun konnten Dan und sie sie ausnutzen.

Komischerweise hatte sie nie ihren Respekt für Dan verloren. Noch immer gehörte im Grunde genommen ihr Körper nur ihm, egal, unter wem sie lag. Die Tatsache, daß er ihr nie gesagt hatte, daß er sie liebte, das war vielleicht der Hauptgrund, warum sie ihn noch immer respektierte. O ja, sie hatten ein gutes Leben miteinander gehabt. Sie waren gereist, sie brauchten keine regulären Arbeitsstunden, sie konnten langen Urlaub nehmen, wenn sie genug Geld hatten, und es war ziemlich aufregend, immer wieder verschiedene Partner zu lecken, zu saugen oder zu ficken.

Plötzlich erwachte Sharon aus ihren Träumereien. Sie hatte gar nicht gemerkt, daß sie jede Knospe mit Daumen und Zeigefinger hin und her rollte, aber sie spürte die Stimulierung in ihrer Süßen.

Sollte sie? Warum nicht? Warum sollte sie sich nicht befriedigen? Sie schämte sich nicht. Merkwürdig war nur eines: Erst vor kurzem hatte Dan sie ausgezeichnet geliebt, sie war wirklich nicht lüstern gewesen, als sie sich auf die Couch gesetzt hatte.

Sie rutschte auf dem Kissen ein bißchen tiefer, bewegte ihre Pobacken auf dem seidenen Stoff ihres Morgenmantels hin und her und fuhr fort, ihre Brüste mit Finger und Daumen zu liebkosen. Dann erinnerte sie sich daran, daß es ihr durch diese so einfache Methode schon oft gekommen war. Natürlich hatte es ein paar Minuten lang gedauert, und sie wollte sich eigentlich anziehen, um mit Dan, wenn er zurückkehrte, zum Essen zu gehen. Nicht daß sie besorgt war, er könne sie ertappen. Im Gegenteil – es machte ihm immer Spaß, sie so zu beobachten. Genau wie es ihr Spaß machte, wenn er sich vor ihren Augen einen herunterholte. Sie hatte oft zugesehen, und es war ihr immer dabei selbst gekommen. Außerdem war es manchmal ganz nett, ohne Partner einen Orgasmus zu kriegen.

Sie wußte daß es Frauen gab, die imstande waren, es mit ihren eigenen Mündern zu schaffen. Aber sie war nicht geschmeidig genug, um das zu tun.

Sie kicherte. Sie erinnerte sich an einen Mann, der sie zuerst zweimal gehabt und dann gefragt hatte, ob sie einmal etwas ganz Besonderes erleben wollte. Was für ein Bursche! Er hatte einen sehr langen Hals und einen sehr langen Junior gehabt. Und dann war die Überraschung gekommen. Er hatte sich auf

Schultern und Rücken gelegt, die Beine hochgehoben, bis die Knie neben seinem Kopf waren, dann hatte er einfach den Mund geöffnet und die Eichel gesaugt, schließlich waren mindestens drei oder vier Zentimeter seines Steifen in seinem Mund gewesen. Was für ein Anblick! Und es war ihm tatsächlich so gekommen.

Die Erinnerung an diesen Burschen hatte sie noch mehr aufgegeilt. Das schönste an dieser ganzen Sache war gewesen, daß er ihr dennoch das ganze Geld gegeben hatte, was abgemacht gewesen war.

Sharon spürte, wie es in ihrer nassen Pussy zu zittern begann. Sie drückte ihren Mittelfinger in das Paradies und zog ihn dann heraus und spielte mit der steifen schlüpfrigen Klitoris, streichelte langsam den kleinen Knopf, bis der Augenblick kam . . .

6

Dan McKay drehte die Dusche ab und trat aus der Kabine. Er betrachtete sich im Spiegel, während er sich langsam mit einem großen Handtuch abtrocknete. Es gefiel ihm, was er sah, denn mit achtundzwanzig Jahren war sein Körper noch genauso gut in Form wie damals, als er achtzehn gewesen war, und er kannte viele Männer seines Alters, die schon kleine Bäuche hatten und ziemlich verweichlicht waren.

Auch sein Schnucki war in Ordnung. Obwohl er jetzt erschlafft war, hing er schwer vor seinem Eiersack zwischen den Beinen. Er seufzte und beschloß, ins Bett zu gehen. Sicherlich schlief Sharon schon.

Dann lag er im Dunklen, hatte die Hände hinter dem Kopf verschränkt und dachte über ihr gemeinsames Leben nach. Neben sich hörte er das Atmen seiner Frau. Was für eine großartige Frau hatte er doch! Wie gut klappte alles mit ihr. Wie sehr mochte er ihren Körper.

Sicher, sie war einmal eine Hure gewesen, aber das war schon lange vergessen. Es klappte so vorzüglich zwischen ihnen. Vielleicht sogar zu gut. Hatte er das eigentlich Sharon schon einmal gesagt? Sollte er sie jetzt aufwecken und es ihr sagen – sollte er ihr einmal sagen, daß er sie wirklich liebte?

»Was ist denn, Honey? Kannst du nicht schlafen?«

Plötzlich merkte Dan, daß er ruhelos im Bett hin und her gerutscht war. Sie waren zum Dinner ausgewesen – Sharon hatte darum gebeten – und dann noch in ein Kino gegangen. Aber es war ein blödsinniger Film gewesen, und es hatte am meisten Spaß gemacht, dazusitzen und die Hand seiner Frau zu halten.

»Vielleicht habe ich über Betty nachgedacht«, sagte er und drehte sich auf den Rücken. »Ich dachte, du schliefst.«

»Vielleicht habe ich über Floyd nachgedacht«, sagte Sharon ruhig.

»Und? Bist du lüstern geworden?« fragte Dan, der plötzlich ärgerlich wurde. Vor allem ärgerlich, weil es ihm Sharon auf eine so nüchterne Weise zurückgegeben hatte.

»Ich habe heute nachmittag, ehe du von deinem Spaß-Vergnügen bei Betty zurückkamst, ein bißchen onaniert«, sagte Sharon ruhig.

»Na und? Ach, du könntest doch mit dir herumspielen, wenn du keinen Burschen in dir hast, und immer noch geil sein!«

»Komisch«, sagte Sharon und setzte sich auf, und die Bettdecke rutschte von Dans Hüfte. »In der letzten Zeit kommst du mir so anders vor, Dan.«

»Was zum Teufel soll denn das heißen?«

»Ich weiß auch nicht«, sagte Sharon und legte sich wieder ins Kissen zurück. »Vielleicht kannst du es mir sagen. Du machst immer so merkwürdige Witze, es ist, als ob du versuchen wolltest, mich zu verletzten, und es ist fast so, wie wenn du mich nicht mehr liebtest. Hast du mich satt, Dan? Beginne ich dir aus irgendeinem Grund auf die Nerven zu gehen?«

»Nein, ich habe dich weder satt, noch gehst du mir auf die Nerven. Ich kann ganz einfach nicht einschlafen. Tut mir leid, wenn ich blöde Witze mache – und es tut mir leid, wenn ich dich unglücklich mache.«

»Quatsch, ich bin glücklich«, sagte Sharon und legte sich auf die Seite und drückte ihren nackten Körper an Dan. Ihre Finger spielten auf seiner fast haarlosen Brust. »Ich will, daß du glücklich bist, Dan. Nur dann kann ich auch glücklich sein.«

»Sowie wir einen guten Schnitt machen, gehen wir erst einmal in Urlaub«, erklärte Dan, als er fühlte, wie seine Warzen unter Sharons liebkosenden Fingern hart wurden.

Ihre Zunge zuckte heraus, sie leckte über den winzigen Nippel, und dann glitt eine Hand seinen flachen Bauch hinunter zu seinem Junior. Sofort schoß das Blut in den Schaft, und als sie die Vorhaut zurückschob, war die Eichel schon riesengroß.

»Laß mich«, flüsterte Sharon. »Bleib einfach so liegen und laß mich dir helfen, damit du schlafen kannst, Honey!«

Dan kicherte. »Wie könnte ich etwas dagegen haben, wo mein Pimmel so hart wie Stein ist?« Er legte die Hände hinter den Kopf, während Sharons Lippen sich über seinen Süßen stülpten und ihre Zunge am steifen Schaft spielte.

Aber sie nahm sich Zeit, und nur ganz langsam rutschte sein Pint tiefer, bis er fast ganz in der warmen Hitze ihres Mundes steckte. Er wußte, daß sie es so mochte, sich Zeit dafür zu nehmen, und anscheinend war sie auch in der Laune, ihn so kommen zu machen, und ihm fiel ein, daß sie ihm einmal gesagt hatte, er sei der einzige Mann, bei dem sie es so machen könnte, ohne daß es sie würgte.

Er hatte ihr geglaubt; es gab schließlich keinen Grund, warum sie lügen sollte, aber gleichzeitig mußte er die ganze Kraft aufbieten, um sich nicht vorzustellen, daß sie es auf diese Weise mit einem anderen Mann machte. Nie hatte er gesehen, daß sie sich von einem anderen Mann einmal lieben ließ – und sie hatte ihn auch nie mit einer anderen Frau gesehen. Immer wieder hatten sie es geschafft, in getrennten Zimmern zu sein. Oder zu verschiedenen Zeiten. Manchmal fragte er sich, wie er wohl darauf reagieren würde, wenn ein anderer Mann seinen Schnucki in ihrem Loch hätte; und genauso fragte er sich manchmal, was sie tun und sagen würde, wenn er eine andere Frau hatte.

Vielleicht war es ganz interessant, das irgendwann einmal herauszufinden. Vielleicht würde er sich dann ganz darüber klar werden, was sie ihm im Grunde genommen war. Wenn es sich herausstellte, daß er, ohne eifersüchtig zu sein, zusehen konnte, wenn sie sich von einem anderen Mann pinseln ließ, vielleicht hörten dann seine Witzeleien auf. Oder – es gab noch eine andere Möglichkeit. Es konnte sich herausstellen, daß er eifersüchtig war. Nun, in jedem Fall konnte er sie jederzeit wieder verlassen.

Doch plötzlich wollte Dan alles vergessen, alles aus seinem Schädel vertreiben, und er kannte den Weg, wie es ihm gelingen würde. Sharon, die immer noch seinen Steifen im Mund hatte und ihn bearbeitete, war bis zum Fußende des Bettes hinuntergerutscht.

»Dreh dich rum«, sagte Dan ruhig. »Machen wir's mal uns beiden.«

Schnell gehorchte Sharon, sie drehte sich herum, ohne in ihren Bewegungen nachzulassen, und Dan griff gierig nach ihren wundervollen glatten Pobacken und zog ihre Lustoase hoch. Er drückte den Mund in das heiße schlüpfrige Fleisch, zog es immer näher, bis seine Zunge durch ihr Portal stieß und sich in der engen Grotte bewegen konnte.

Dann, als sich Sharon immer fester gegen sein Gesicht drückte, als sie kleine schmatzende Laute von sich gab, begann Dan immer fester ihre Klitoris zu lecken, und er spürte, daß es ihr gleich kommen mußte.

Doch war es selbst für ihn überraschend, als er sich aufbäumte, noch einmal fest zustieß und dann abspritzte und als sie – mit Hilfe seiner sehr aktiven Zunge – eine ganze Reihe von zitternden Orgasmen hatte.

»Das war wundervoll«, sagte Sharon kurz, nachdem der Kontakt unterbrochen war und sie wieder normal atmen konnten. »Glaubst – glaubst du, daß du jemals sagen wirst, was ich gern hören möchte, Dan?«

Dan zögerte. Sollte er vielleicht das Sexgeschäft aufgeben und sich irgendeinen langweiligen Job suchen? Denn genau das wäre es, was seine entzückende Frau zu hören wünschte. Außerdem sehnte er sich brennend danach, diese schöne üppige Negerin auf der anderen Flurseite umzulegen. Und natürlich Betty noch einmal.

»Ich bin so müde«, sagte Dan. »Sprechen wir ein andermal darüber.«

7

Sharon überlegte, wie sie Floyd Denning ausnehmen konnte. Natürlich konnte sie ihm den gleichen Quatsch wie allen anderen Ehemännern erzählen, doch diesmal würde es ein bißchen anders sein, denn sie war noch nicht einmal mit ihm verabredet.

Es war immer viel leichter, wenn sie in einem Haus oder einem Apartment war und die Männer zu ihr kamen. Sie konnte flirten, ein bißchen Fleisch zeigen, sie wissen lassen, daß sie scharf war, und bevor sie es merkten, zahlten die Männer auf diese oder eine andere Weise für das, was sie, wie sie annahmen, ihnen gratis gegeben hatte.

Jetzt kam sie sich ein bißchen dämlich vor, als sie auf dem Bürgersteig stand und auf Floyd wartete, bis er aus dem Bürogebäude herauskam. Vielleicht sollte sie ihm einfach die Wahrheit sagen. Oder die halbe Wahrheit. Der Mann war ja schließlich nicht doof. Schließlich war er ein großes Tier in der größten Maklerfirma des Südens, auch wenn sein Schwiegervater der Besitzer, Gründer oder was sonst noch war. Aber wie konnte sie ihm klarmachen, daß sie einmal gern mit ihm zusammensein wollte? Dieser Dan! Manchmal erwartete ihr Ehemann die unmöglichsten Dinge von ihr!

Sicherlich war Dan wieder bei Betty Denning. Vielleicht nahm er sie gerade jetzt. Sie hatten lange geschlafen, gegen elf gefrühstückt, und jetzt war es zehn nach zwölf. Ging Floyd nicht um die Mittagszeit zu seinem Lunch? Vielleicht war sie so blöde und stand sogar vor dem verkehrten Gebäude. Nein. Sie hatte ja schließlich im Telefonbuch nachgesehen...

»Hallo! Das ist aber eine angenehme Überraschung!«

Sharon lächelte Floyd zu. Sie war so gedankenverloren gewesen, daß sie gar nicht bemerkt hatte, wie der große, schlanke Mann näher gekommen war. Und nun, fragte sie sich. Eigentlich hatte sie zu ihm sagen wollen, sie sei in die Stadt zum Lunch gekommen und hätte ihr Geld vergessen. Aber es war so ein wissender Blick in seinen Augen. Vermutete oder spürte er, daß sie etwas mit ihm vorhatte?

»Ich hätte gern mit Ihnen gesprochen« sagte Sharon lächelnd. »Es geht um meinen Mann und Ihre Frau, Floyd, und ich dachte, es ist besser, wir reden darüber, ehe ich durchdrehe.«

Floyds Blicke glitten langsam über die prachtvolle Figur Sharons. Sie trug ein weißes eng ansitzendes Wollkleid und hochhackige weiße Schuhe. Ihre langen wunderschönen Beine waren nackt, und ihre wahrlich phantastischen Brüste schienen sich ihm entgegenzuschieben, er atmete den Duft ihres Parfüms und ihres Fleisches, sie war eine wundervolle Puppe.

»Ich glaube nicht, daß ich Sie ganz verstehe«, sagte Floyd, weil er nicht wußte, was er angesichts des Ausdrucks in Sharons schönen blauen Augen sagen sollte. Hatte sie herausgefunden, daß ihr Mann sie betrog; bedeutete das, daß sie es ihm heimzahlen wollte? Er hoffte es sehr!«

»Nun, ich glaube, es wäre besser, wenn wir irgendwo anders hingingen – irgendwo, wo wir unter uns sind, Floyd. Vielleicht könnten wir während des Lunchs plaudern. Ich habe zwar bereits gegessen, aber – «

»Ich bin nicht hungrig«, erklärte Floyd, als Sharon ihren Satz nicht beendete. *Nicht nach Essen,* dachte er. »Ich kenne da eine Bar, nicht weit von hier. Wir werden um diese Zeit sicherlich eine leere Nische finden. Sie geben kein Essen aus, glaube ich, und so ist erst später etwas los.«

Sharon lächelte und nahm Floyds Arm. »Schön, ich bin

durstig. Und außerdem kann ich meinem Mann vielleicht beweisen, wenn ich mittags in eine Bar gehe, daß ich gar nicht so altmodisch bin, wie er immer glaubt!«

Sie gingen in die Bar. Floyd hoffte, er könnte ihr ein bißchen Alkohol eintrichtern, und Sharon hoffte, sie würde die Sache so meistern, daß sie dem älteren Mann nicht wie ein billiges Mädchen vorkam.

Sie fanden sofort eine leere Nische im Hintergrund der kleinen Bar. Sharon setzte sich, und Floyd zögerte ein paar Sekunden, dann setzte er sich ihr gegenüber. Die hübsche junge Kellnerin war gleich da – sie lächelte und nannte Floyd beim Namen – natürlich mit seinem Nachnamen und dem Mister davor –, und er bestellte einen Scotch on the Rocks und sah dann Sharon fragend an. Sharon sagte, sie würde das auch trinken, und beobachtete dann, wie die Kellnerin zur Bar ging.

»Sie scheinen das Mädchen gut zu kennen«, sagte Sharon, während ihre nackten Knie sich gegen Floyds Hosen drückten. Er sah in seinem dunklen Geschäftsanzug sehr würdevoll und gut aus, aber seine Augen auf ihren Brüsten erinnerten sie an einen kleinen Jungen, der voller Sehnsucht nach einem Stückchen Schokolade schaut.

»Leider nicht so gut, wie ich gern möchte«, meinte Floyd grinsend, während er seine Augen fast zögernd von Sharons fülligen Brüsten hob. »Was haben Sie da von Ihrem Mann und meiner Frau gesagt, Sharon? Worüber müssen Sie mit mir sprechen, ehe Sie durchdrehen? Das haben Sie doch gesagt, nicht wahr?«

»Praktisch mit den gleichen Worten«, nickte Sharon und sah dem Mädchen entgegen, das mit den Drinks zurückkam, dann wartete sie, bis Floyd bezahlt hatte und sie wieder allein waren. So allein, wie man an einem solchen Platz eben sein konnte. »Wußten Sie – wissen Sie, daß Betty auch mit anderen Männern schläft, Floyd?«

»Das ist eine höfliche Art, es zu umschreiben«, sagte Floyd und spürte bereits eine Reaktion in seinen Lenden, wenn er die hübsche junge Frau nur ansah. Er war fast sicher, wenn er sie nackt sehen könnte, dann würde er bestimmt einen Steifen kriegen, der ihn an die guten alten Tagen erinnerte, an jüngere Tage, an denen er sich nicht besonders aufgeilen mußte, damit ihm das Blut in den Schnucki schoß.

»Dann sind Sie gar nicht überrascht – ich meine, Sie sind nicht überrascht, wenn ich Ihnen sage, daß Dan gestern nachmittag bei Betty war? Daß er vielleicht in diesem Augenblick bei ihr im Bett liegt?«

»Falls Betty in diesem Augenblick die Gelegenheit dazu hat, Sharon, dann liegt Dan wahrscheinlich auf ihr. Spreche ich zu offen?«

»Ich glaube, Sie haben das Recht dazu«, sagte Sharon und nahm einen Schluck und beschloß, daß sie sich besser damenhaft benehmen sollte, bis sie sah, wie die Dinge liefen. Sie beobachtete Floyd, der ebenfalls das Glas an den Mund hob. »Was ich meine ist – nun, ich hoffte, wir könnten unsere Unterhaltung ohne solche häßlichen Dinge führen. Ich bin es nicht gewohnt, so vulgär zu sprechen, wenn ich das tue, wozu ich mich eben entschlossen habe, dann werden Sie es wohl begreifen.«

»Wozu haben Sie sich denn entschlossen?« fragte Floyd und nahm sich vor, es ganz langsam angehen zu lassen, obwohl er nun fast sicher war, daß Sharon nicht hier sitzen würde, wenn sie nicht bereit wäre, mit ihm ins Bett zu gehen. Aber wo war der Haken? Warum wollte sie mit ihm ficken, wenn es so viele jüngere Männer gab, die sie doch praktisch in jeder Minute haben konnte?

Sharon konnte die Frage in Floyds Augen lesen, konnte fast hören, wie es in seinem Kopf klickte. Sie hoffte, sie hätte genau das Richtige gesagt, und daß er ein Mann war, der letzten Endes doch verstand. Sollte sie aufhören, die Unschuldige zu spielen? Sollte sie nach allem genauso offen sprechen?

»Ich glaube, ich spiele mit meiner Zukunft«, sagte Sharon, die doch beschlossen hatte, noch ein wenig länger auf die unschuldige Tour zu reisen, bis sie besser verstand, woran Floyd dachte. Bestimmt hatte er sich schon Gedanken gemacht, wie er sie bumsen könnte.

»Das ist der Grund, warum ich – nun, Sie bitte, wirklich bitte, Dan oder Betty nicht zu sagen, daß ich Sie getroffen habe. Ist das zuviel verlangt, Floyd?«

»Nein«, sagte Floyd, der sich erinnerte, daß Dan Betty erzählt hatte, Sharon würde nicht sehr erotisch sein. Er fragte sich, was Sharon wohl sagen würde, wenn sie wüßte, daß er mit Betty über Dans Sexualität gesprochen hatte. Er mußte lachen. Es war alles ziemlich verwirrend und könnte vielleicht recht lustig sein, wenn das junge Paar vielleicht auf irgendeine Weise versuchte, mit ihm und seiner geilen Frau auf diese Art näher bekannt zu werden.

»Habe ich was Lustiges gesagt?« fragte Sharon mit gerunzelter Stirn. »Vielleicht sollten wir die Unterhaltung vergessen und unser Glas austrinken.«

Sharon hatte sich nicht bewegt, und Floyd glaubte nicht, daß sie daran dachte zu gehen, aber er konnte nicht gut die Hand auf ihre Schulter legen und ihr sagen hierzubleiben. Oder sie zu bitten, mit ihm in ein Hotelzimmer und ins Bett zu gehen. Er war absolut sicher, daß er sofort einen Steifen bekommen würde – daran sollte es nicht liegen. Wie lange war das her, daß ihm das ohne ein bestimmtes Aufgeilen geschehen war? Ohne jede Berührung?

»Was wir sagen oder tun, wird unter uns bleiben«, bestätigte Floyd, der sich entschlossen hatte, Betty nichts zu sagen. »Wenn ich vor ein paar Augenblicken lachte, so hatte das etwas mit meiner Ehe zu tun. Ich genüge Betty nicht, Sharon. Sie –«

»Vielleicht sollten wir nicht länger über Betty sprechen«, unterbrach Sharon, die die ganze Geschichte schon ein wenig langweilig fand. Warum sollte sie eine einfache Sache eigentlich so komplizieren? Floyd wollte sie haben, sie wollte soviel Geld wie möglich von ihm, und um beides zu erreichen, mußten sie nackt miteinander ins Bett gehen. Oder sonst wohin, wo sie es machen konnten, wenn es nicht allzu unbequem war.

Floyd trank sein Glas aus und stellte es hin und sah dann Sharon eine Weile an. »Was wollen Sie von mir, Sharon? Ich weiß, daß Betty mit Ihrem Mann intim gewesen ist. Ich und Betty – bei uns kann jeder tun, was er will. Vielleicht sind Sie in diesen Dingen ein wenig unschuldig, aber andererseits finde ich es ziemlich merkwürdig, warum Sie hier mit mir sprechen. Was sollte das heißen, als sie sagten, Sie würden mit Ihrer Zukunft spielen?«

»Dan hat mich fast vom ersten Tag unserer Ehe an betrogen«, sagte Sharon. Sie beschloß nun mit aller Kraft ranzugehen. »Sie mögen vielleicht glauben, daß ich spinne, aber selbst mir kommt's ein bißchen komisch vor, wenn ich so von meinen Gefühlen spreche, aber ich habe niemals meine Ehe brechen wollen. Die Ehe ist für mich wichtig, und Dan weiß das. Er weiß, daß es gegen meine Prinzipien ist, ihn zu betrügen, wie er mich betrügt, ich meine, er verläßt sich darauf. Sehen Sie! Klingt das nicht alles dumm, wenn man es sagt? Da er der einzige Mann ist, den ich je gehabt habe, glaubt er, ich hätte nie den Nerv, mit einem anderen Mann ins Bett zu gehen, so wie er mit vielen Frauen!«

»Und haben Sie jetzt den Nerv, Sharon?«

»Ich glaube schon«, sagte Sharon. »Ja, ich habe den Nerv – ich will es ihm heimzahlen, Floyd.«

»Warum haben Sie ihn denn nicht verlassen?« fragte Floyd, der das Gefühl hatte, daß an der ganzen Geschichte etwas nicht stimmte, auch wenn er so scharf auf dieses schöne Mädchen war.

»Ich denke schon lange daran, ihn zu verlassen«, erklärte Sharon. »Ich habe ein bißchen Geld gespart, und wenn ich genug Geld habe, dann werde ich nach Nevada fliegen und mich scheiden lassen. Aber da mich Dan auch jetzt mit Betty aufs Kreuz gelegt hat, habe ich mich entschlossen, ihn auch zu betrügen!«

»Dann bieten Sie mir also an, mit Ihnen ins Bett zu gehen, Sharon? Sie sind bereit, hier hinauszugehen und sich von mir in irgendein Hotelzimmer bringen zu lassen?«

Sharon schwieg. Sie lächelte schwach und stand auf und verließ die Nische. Als Floyd aufstand und ihren Arm nahm, drückte seine Hand sie fest, und sie erinnerte sich daran, daß sie nicht vergessen durfte, weiterhin das unschuldige Mädchen zu spielen.

Sie gingen schweigend ein paar Straßen weit bis zum nächsten Hotel. Floyd hätte ein kleineres Hotel vorgezogen, eines, in dem keine Fragen gestellt wurden, wo man nicht wissen wollte, warum sie kein Gepäck hatten, aber er mußte schnell sein, falls Sharon ihre Meinung änderte.

Floyd ließ Sharon in der Lobby stehen und regelte die Zimmerbestellung an der Rezeption. Als er lächelnd zurückkam und ihr einen Schlüssel zeigte, tat Sharon so, als hörte sie genau zu, als er ihr erklärte, daß ihr Zimmer im 8. Stock sei, aber daß sie den Fahrstuhl zum 9. Stockwerk und allein nehmen müsse und dann die Treppe hinuntergehen und auf ihn warten. Sharon lobte Floyd für seine Cleverneß, doch sie war vorsichtig genug, um nicht allzu dick aufzutragen, eher ein bißchen Nervosität vorzuschützen; und Floyd nahm sich vor, Sharon nicht allzusehr zu bedrängen, denn sie hatte ja gesagt, daß sie nur den Schwanz eines einzigen Mannes bisher in ihrer süßen, süßen Pussy gehabt hätte.

In dem wundervoll möblierten Hotelzimmer mit einem anschließenden Bad nahm Floyd Sharon in die Arme und küßte ihre vollen feuchten Lippen, schluckte nervös und setzte sich dann auf die Bettkante.

»Irgendwie haben Sie es geschafft, daß ich mir ziemlich dämlich vorkomme, Sharon. Warum überlassen Sie mir ganz die Führung?«

»Versprechen Sie mir, niemandem mitzuteilen, was ich hier tun oder sagen werde, Floyd? Die Idee, daß ich darüber mit Betty sprechen müßte, ist unvorstellbar für mich.«

»Keine Bange«, sagte Floyd und hoffte, daß er das Versprechen auch tatsächlich halten könnte. »Ich verspreche es, ich meine, Sie wissen selbst, daß ein Mann in solchen Situationen alles verspricht. Vielleicht sollte ich Ihnen eher das Versprechen abnehmen, es nicht Dan zu sagen. Dieser junge starke Kerl könnte mich zertrümmern – «

»Aber nein doch, nein«, unterbrach ihn Sharon lächelnd. »Ich habe schon die ganze Zeit ein paar Geheimnisse, von denen mein Mann nichts weiß.«

»So? Was für Geheimnisse denn?« fragte sie Floyd und wunderte sich plötzlich, ob dieses entzückende Mädchen ihm vielleicht erzählen würde, daß sie doch etwas mit Männern gehabt hatte – vielleicht sogar, was sie Aufregendes mit Männern gemacht hatte, was sie nicht mit ihrem Mann hatte tun wollen. Denn Dan hatte Betty ja gesagt, Sharon wäre so gehemmt.

»Ich spreche über einige bestimmte Geheimnisse«, sagte

Sharon. »Geheime Gedanken, von denen ich nie Dan etwas gesagt habe. Aber sicherlich hätte ich das niemals tun können, was ich mir so ausgedacht habe. Es waren verrückte Träume, wilde Tagträume, alle möglichen Gedanken. Begreifen Sie das?«

»Aber sicher«, bestätigte Floyd und spürte, daß das Blut in seinen Floydie schoß, und plötzlich war er sicher, daß er keine Schwierigkeiten haben würde, einen Steifen zu bekommen, und zwar lange genug, bis ihm diese erregende schöne Frau erlaubte, sich auf sie zu legen. »Wir haben schließlich alle Geheimnisse, Sharon. Und meistens haben wir nicht den Mut, das zu tun, was wir uns ausdenken. Nun, ich bin ein erfahrener Mann und werde alles tun, was Sie von mir verlangen.«

»Vielleicht kann ich mich bei Ihnen einmal so richtig gehenlassen«, sagte Sharon und sah, daß Floyd aufstand. »Das habe ich bei Dan niemals tun können. Warum ziehen Sie sich nicht im Badezimmer aus, Floyd? Ich werde fertig sein und auf Sie warten, und Sie können ein Handtuch mitbringen.« Sie lachte. »Wissen Sie, ich bin eine verheiratete Frau, ich will keine Flekken im Bett.«

»Sehr praktisch, sehr praktisch«, grinste Floyd und ging schnell ins Badezimmer, er hoffte nur, er hätte nicht zu bestürzt ausgesehen, als sie das Handtuch erwähnte. Aber es war eine so eigenartige Bemerkung gewesen. Daran hatte er noch nie gedacht.

Sharon zog sich schnell aus, sie spürte bereits die geistige und körperliche Erregung, die sie immer vor dem Abenteuer hatte. Sie verdrängte auch wie immer jeden Gedanken an ihren Mann, sie konzentrierte sich einfach auf das physische Vergnügen mit einem Partner, der es ihr verschaffen konnte.

Als Floyd nackt aus dem Badezimmer kam, da stand sein Guter bereits wie ein Mast vor ihm, und Sharon lag auf dem

Rücken im Bett. Sie hatte gehört, daß er zurückkam, und die Augen geschlossen. Als sie merkte, daß er nicht ins Bett kroch oder sich zwischen ihre gespreizten Oberschenkel legte, öffnete sie die Augen, um zu sehen, was er tat.

Floyd stand neben dem Bett und starrte sie bewundernd an, denn es war der schönste Körper, den er jemals gesehen hatte. Ihr goldenes Fleisch war phantastisch, sie war so erregend blond, und seit langer, langer Zeit hatte sein Süßer nicht mehr so stark pulsiert, hatte er eine solche Erektion gehabt. Er fragte sich, ob er ihre Muschi lecken solle. Oder ob es besser sei, alles ruhiger zu machen?

Sharon wußte, daß Floyd gern seine Lippen auf ihre Kleine drücken wollte. Und sie wollte es auch. Aber vielleicht sollte man die scharfen Sachen erst später tun und zuerst einmal loslegen. Schließlich hielt er sie für gehemmt, und es würde besser sein, ihm die erwähnten wilden Träume erst später zu erzählen.

»Ich bin bereit«, flüsterte Sharon und schaute auf Floyds steifen Schaft. Sein Floydie war nicht so groß wie der Dans. Aber sie war sicher, daß Floyd eine Menge damit anfangen konnte.

»Ich weiß wirklich nicht, ob ich dir sagen soll, wie lange es her ist, daß ich in so kurzer Zeit einen Steifen gekriegt habe«, sagte Floyd und warf das Handtuch aufs Bett, während er ihren blonden Liebeshügel anstarrte. Dann betrachtete er die großen Brüste, die, obwohl Sharon flach auf dem Rücken lag, wie mächtige Berge aus ihrem Körper herausschauten, und er versuchte gegen den Gedanken anzukämpfen, daß er sich vielleicht in diese blonde Schönheit verlieben könnte, ehe er sie noch berührt hatte.

Aber als er zwischen ihren gespreizten Schenkeln lag, zwischen diesem wundervoll glatten und sehr warmen Fleisch, als er die zarten Finger fühlte, die seinen Steifen zwischen die kurzen Blondhaare führten, da wußte Floyd – oder spürte –, daß sie ihn tatsächlich faszinierte, ehe noch der richtige Kontakt hergestellt war.

Und als dieser Kontakt da war, als sein Liebeskolben langsam in die bereits feuchte Grotte glitt – als er schließlich tief in dem herrlichen Paradies steckte –, da war es Floyd klar, daß er alles, alles tun würde, um diese phantastische Sensation immer wieder zu genießen. Vielleicht war es nicht Liebe, überlegte er, aber er war bereit, alle anderen Frauen aufzugeben, so daß er jedesmal einen Steifen bekam, wenn Sharon ihm zur Verfügung stand.

Sharon fand schnell heraus, daß Floyd tatsächlich wußte, wie er seinen Süßen verwenden mußte. Er begann langsam, er schien es unglaublich zu genießen, seinen Schaft zum erstenmal in ihr hin und her zu bewegen, und sie erinnerte sich, daß er glaubte, sie werde ihren Mann zum erstenmal betrügen – und daß er der zweite Mann ihres Lebens überhaupt sei.

Sie brauchte sich natürlich nicht wie eine Jungfrau zu bewegen, aber eine gewisse Zurückhaltung schien ihr doch geboten zu sein. So blieb sie einfach liegen und überließ es ihm, den Rhythmus zu bestimmen.

»Das ist wunderbar, Floyd, aber willst du mir nicht einen Kuß auf den Mund geben?«

Floyd stützte sich auf Hände und Arme. Er war einfach zu überwältigt von der Tatsache gewesen, daß er sie ficken konnte. Er hörte Sharons Worte, ihre Frage, aber er antwortete nicht mit eigenen Worten. Er antwortete, indem er seinen Mund auf ihre geöffneten Lippen drückte, seine Zunge in die Mundhöhle steckte und das Tempo seiner Stöße verstärkte.

Sharon erwiderte den leidenschaftlichen Kuß, ihre Zungen berührten sich, und nun begannen sich auch ihre Hüften zu bewegen, und sie erwiderte Stoß für Stoß. Sein Süßer steckte ziemlich tief in ihrer Kleinen, und so hatte er einen guten Kontakt mit ihrer Klitoris, so daß sie bereits auf dem Weg zu einem Orgasmus war. Um es ihm deutlich zu machen, bewegte sie sich schneller hin und her.

Floyd verstand. Er zog den Mund zurück und begann ihre Brüste zu kneten, dann glitten seine Hände über ihre runden Hüften.

Er wußte, daß er es bis zu ihrem ersten Orgasmus schaffen konnte, aber ihre phantastische Schönheit hatte ihn dennoch nicht so verjüngt, daß er sicher sein konnte, gleichzeitig mit ihr zu kommen. Er schob die Arme um sie und legte sie unter ihre wundervollen runden Pobacken – dieses hüpfende Fleisch – und gab ihr alles, was er ihr geben konnte.

Doch Floyd wußte fast sofort, daß er nicht imstande sein würde, mit ihr zu kommen. Nun, vielleicht hatte er ein bißchen zuviel von sich erwartet. Er konnte schon zufrieden sein, daß ohne die besonderen Stimulierungen sein Süßer hart geworden war. Vielleicht war es gar nicht gut, daß er schon spritzte, wenn sie ihre erste Klimax hatte. Sie hatten noch den Nachmittag vor sich, diese von wundervoller Lust erfüllten Stunden, und es gab nichts, was er für dieses phantastische Mädchen nicht tun würde.

Sharon spürte zu spät, daß es Floyd nicht kommen würde, aber sie konnte ihren Orgasmus nicht mehr zurückhalten. Die meisten Männer, die sie zum erstenmal bumsten, spritzten sofort – vielleicht hatte sie sich bei Floyd eben verrechnet. Sie war nur immer stolz auf ihr professionelles Können gewesen – und bei allen anderen Männern außer bei ihrem Mann betrachtete sie die Sache als ihren Beruf.

Wenn sie es rechtzeitig gewußt hätte, hätte sie sich auch zurückhalten können. Dennoch konnte es vielleicht besser sein,

Floyd zu zeigen, was für ein Kerl er war. Die meisten Männer mögen es, wenn eine Frau kommt, ohne daß sie selbst kommen.

Und so versuchte Sharon nicht, das Stöhnen zu unterdrükken, sie versuchte auch nicht, ihre wilden Bewegungen zu verlangsamen, sie war plötzlich so scharf darauf, daß es ihr kam. Sie krümmte sich und schlang ihre langen Beine um Floyds Taille, sie schob ihr heißes Fleisch auf seinem Steifen hin und her, und sie paßte auf, daß ihre scharfen Fingernägel seine Schultern oder seinen Rücken nicht zu sehr ritzten, als die Ekstase sie überfiel.

Floyd stieß noch ein paarmal zu, nachdem Sharon aufs Bett gefallen war, und dann schob er seinen Kleinen ganz hinein und blieb so liegen. Betty hatte ihm von Dans riesigem Dingdong erzählt, und trotz seiner vielen Erfahrungen mit Frauen war er immer wieder erstaunt über die Geschicklichkeit, mit der die Frauen imstande waren, sich der Größe anzupassen. Sharons wundervolles Liebesnestchen war jetzt so saftig, aber immer noch eng, es schien sich um seinen Schaft zu schmiegen.

»Du hast nicht gespritzt«, sagte Sharon. Magst du mich nicht? Gefällt es dir nicht, so wie ich es tat, Floyd?«

»Im Gegenteil, ganz im Gegenteil«, sagte Floyd, während er in ihre leidenschaftlichen blauen Augen starrte. »Du bist das beste Mädchen, das ich jemals hatte, Sharon. Ich bin eben älter, da geht's langsamer. Ich bin wirklich verrückt nach dir, ehrlich, und ich möchte etwas dazu beitragen, daß du bald nach Nevada kannst.«

»Oh... ich... wenn du so etwas... sagst, da fühle ich mich wie eine – eine Wilde«, flüsterte Sharon. »Vielleicht bin ich das auch irgendwie. Ich meine, weil ich mich von dir so nehmen lasse. Wirst du mir noch ein paar andere Dinge beibringen? Du hast ja versprochen, niemandem zu sagen, was wir tun, und ich möchte alles ausprobieren.«

Sie schwieg; sie durfte nicht zuviel sagen. Jedenfalls hatte er, was das Geld anging, schon angebissen. Sie kaute auf der Unterlippe, als Floyd sie wieder zu verwöhnen begann. Er sah immer noch in ihre Augen – aber warum sagte er nichts? Sie merkte doch, daß es bei ihm langsam dem Ende zuging.

Plötzlich hörte Floyd auf und zog seinen Kleinen schnell heraus. Er wurde einfach den Verdacht nicht los, daß sie bloß bei ihm war, weil sie Geld brauchte, aber im Grunde genommen war das ja egal. Er konnte es sich leisten zu zahlen, und er würde willig zahlen, also –

»Ich dachte gerade, wir sollten mal eine andere Position ausprobieren, so lange mein Kleiner noch steht«, erklärte er lächelnd, als er den verstörten Ausdruck auf Sharons Gesicht sah. »Ist es dir recht?«

»Aber ja«, nickte Sharon. »Ich bin bereit, alles mit dir zu machen, wenn du vergißt, was ich eben gesagt habe, ich meine, daß ich mich wie eine Hure fühle. Ich mag dich – oder ich wäre nicht bei dir. Aber ich habe ziemlich viel Geld für meine Scheidung gespart und brauche für ein so großes Vergnügen, wie du es mir schenkst, kein Geld anzunehmen. Was willst du denn jetzt machen?«

»Ich dachte, du setzt dich mal auf meinen Schoß«, meinte Floyd, während er das blonde Dreieck betrachtete. »So, daß wir uns ins Gesicht sehen und daß ich deine süßen Brüste lekken kann. Natürlich mit meinem Süßen in deiner Süßen! Macht's dir was aus, wenn ich so rede?«

»Nein«, Sharon schüttelte den Kopf. »Ich finde es entsetzlich aufregend. Machen wir's auf der Bettkante oder auf einem Stuhl?«

»Ich fürchte, wir werden das ein bißchen verschieben müssen, ich möchte erst einmal etwas anderes mit dir machen«, sagte Floyd und senkte sein Gesicht auf den heißen Spalt, den er mit seinem Steifen erforscht hatte. Er atmete aus und drückte die Lippen auf das rosafarbene nasse Fleisch. »Vielleicht hast du nie so etwas erlebt, mein schönes Kind, aber es ist bestimmt schön für dich.«

Sharon legte sich zurecht und spürte im nächsten Augenblick seine heiße Zunge in ihrem Liebesloch. Sie begann zu stöhnen und keuchen und griff in Floyds überraschend dichtes braunes Haar. Er machte es eigentlich recht hübsch, dachte sie. Nicht so gut wie Dan natürlich, aber sie würde bestimmt keinen anderen Mann finden, den sie irgendwie in dieser Hinsicht mit ihrem Ehemann vergleichen konnte.

Sharon stöhnte nun laut, hob ihren Arsch vom Bett und sagte Floyd offen, was er mit seinem Finger machen sollte.

Floyd gehorchte schnell, er war glücklich, daß diese wundervolle Frau so schnell ihre Hemmungen verlor.

Schließlich hatte sie ihm gesagt, sie hätte geheime Gedanken, wilde Tagträume, und so war es nur natürlich, alles mit ihr auszuprobieren.

Sharon, die das ebenfalls dachte, war bereit mitzuspielen, denn in Wahrheit übermannte sie bereits ihre Leidenschaft. Und dann leckte er sie so schnell und gewaltig und stieß so tief mit der Zunge in ihr Paradies, daß sie alles vergaß, was Geld und Liebe und sonst noch betraf. Sie lebten in diesem Augenblick nur in ihrer kleinen Welt, in der Welt des Treibens, des Leckens, des Saugens, des Nehmens und des Gebens. Und dann rutschte er plötzlich hoch und stieß seinen Schnucki tief in ihr Paradies und spritzte. Er hatte es tatsächlich geschafft.

8

Als Betty in dem Spiegel über dem großen Bett ihren nackten Körper und Dans riesige Erektion sah, beschloß sie, Telma zu holen. Das kleine junge Mädchen würde ohne Zweifel imstande sein, Dans gigantischen Ständer ein bißchen kleiner werden zu lassen. Dan war so verdammt scharf darauf gewesen, der Negerin einen zu verpassen.

Schon seit Tagen. Genaugenommen war es der neunte Nachmittag, an dem sie sich von Dan verwöhnen ließ. Am Sonntag hatten sie und Floyd ihre Familienangehörigen besucht, und sie hatte sich endlich ein bißchen ausgeruht, obwohl sie nicht zugeben wollte, wie dringend nötig sie es hatte. Doch jetzt – Betty öffnete die Augen und starrte direkt auf den stolzerhobenen Burschen – war sie ehrlich genug: Ja, sie war wirklich erschöpft.

Sogar ihre Kinnbacken schmerzten. Zuerst war sie fast eine Stunde lang auf ihm geritten, und dann hatte sie fast noch einmal soviel Zeit verbraucht, um an seinem Dickerchen zu lutschen. Noch war es ihm nicht gekommen. Er hatte gelacht, als sie aufhören mußte. Und dann hatte er die Augen geschlossen und gesagt, er brauche ein kleines Schläfchen. Es war merkwürdig, aber offensichtlich konnte er selbst im Schlaf einen Steifen haben. Noch immer waren seine Augen geschlossen, und er hatte sich während der letzten zehn oder fünfzehn Minuten nicht bewegt. Was für ein Mann!

Leise stieg Betty aus dem Bett. Bei solcher Kondition konnte sie wirklich nicht Karten mit ihm spielen. Und im Grunde genommen mochte sie Poker auch nicht. Aber sie hatte einfach nicht die Nerven, ihm zu sagen, daß alles eine billige Farce war. Aber Dan könnte es als Beleidigung auffassen, wenn sie ihm einfach das Geld gab – obwohl sie den Verdacht hatte, daß er das Geld dringender brauchte, als er zugab.

Daß er sie ein wenig satt hatte, war ein anderer Faktor, den sie in Betracht ziehen mußte, obwohl sie es nicht begriff. Aber auch sie vermißte es, zu Swap-Partys zu gehen und sich von anderen Männern umlegen zu lassen. Floyd hatte an den Abenden nicht ausgehen wollen, und er hatte es auch nicht gewollt, daß sie in ihrem Apartment eine Party veranstalteten; allerdings war das gut so. Hauptsächlich wegen Dan McKay, denn sie konnte ihre Energie für ihn und seinen prächtigen Junior sparen.

Daß Floyd etwas mit Sharon hatte, war ihr klar. Vielleicht war er sogar in die blonde Schönheit verliebt. Doch darüber redete er natürlich nicht mit ihr. Er behauptete nur, er verbringe jeden Nachmittag mit Sharon und versuche, auch sie zu einer Swapperin zu erziehen – mehr hatte Floyd über Sharon McKay nicht berichtet.

Sie war nicht einmal ganz sicher, ob er schon mit ihr im Bett gewesen war. Wenn sie Floyd fragte – und Floyd wußte genau, wie sehr sie interessiert war, alles über Sharon und Sharons wundervollen Körper zu erfahren –, dann hatte er nur gegrinst oder gelacht und gesagt, er sei absolut sicher, daß Sharon nicht lesbisch sei.

Natürlich war das ein Schlag für sie. Er hatte ihr nämlich vor einiger Zeit gesagt, sie müßte eventuell einmal die Muschi anderer Frauen lecken; und wenn eine in Frage kam, dann war es Sharon. Doch ohne Zweifel sagte er die Wahrheit. Merkwürdig war, daß sie einfach nicht den Mut hatte, weitere Informationen über die beiden aus ihm herauszupressen. Sie wollte es nicht mit Floyd diskutieren, weil sie sich irgendwie verlegen fühlte.

Aber es war so, daß Floyd sie seit jener Nacht, die sie zusammen mit Telma verbracht hatten, nicht mehr berührt hatte – nun, das bedeutete wenig. Er brauchte immer eine lange Erholungszeit, bis er wieder einen Steifen bekam. Wenn man die Dinge so betrachtete, war es durchaus möglich, daß er Sharon noch nicht gehabt hatte. Und sie war sogar froh gewesen, daß ihr Mann kein Interesse für Sex gezeigt hatte, denn sie wollte frisch und geil für Dan sein. Sie hatte es nicht einmal mit Telma gemacht – und masturbiert hatte sie sich höchstens zwei- oder dreimal.

Während sie darüber nachdachte, machte sie sich nackt auf den Weg, um Telma zu suchen. Sie fand das so sexy aussehende farbige Mädchen im Wohnzimmer. Telma saß auf der Couch, die langen braunen Beine übereinandergeschlagen, und ihr hübsches Gesicht steckte in einem Magazin, das sie mit ihren langen braunen Fingern hielt.

»Ist es eine interessante Story, Telma?«

Telma senkte das Magazin und lächelte breit, ihre schwarzen Augen leuchteten, als sie sah, daß Betty nackt war. »Yes, Miß Betty. Die Story handelt von einem hübschen jungen Mädchen, das von einem Mann geschwängert wurde. Es geht um die Unterhaltszahlungen, und es ist natürlich eine ziemliche Schweinerei, daß er nicht bezahlen will, weil er eine Frau hat –«

»Gut, gut«, unterbrach Betty. »Es scheint wirklich eine interessante Story zu sein, Telma, aber ich bin sicher, daß du mir ein bißchen helfen wirst. Du hast doch nicht vergessen, die Pille zu nehmen?«

»O nein!«

»Gut«, sagte Betty und wünschte, daß sie die Pille auch nehmen müßte, aber leider konnte sie keine Kinder bekommen. Vielleicht wäre sie eine ganz andere Frau geworden, wenn es der Fall gewesen wäre. Fast hätte sie gelacht. Wieder einmal belog sie sich. Sie wollte gar keine andere Frau sein!

»Was haben Sie vor, Miß Betty?«

Telma legte das Magazin zur Seite und stand auf. Es war gar nicht so einfach für Betty zuzugeben, daß sie gern einmal zusehen wollte, wenn Dan und Telma es trieben. Dan war ja schließlich noch nicht gekommen, und er hatte noch einen Steifen, mit dem unbedingt etwas angefangen werden mußte. Seltsame Gedanken waren in ihrem Kopf. Natürlich würde sie bei der erstbesten Gelegenheit einer anderen Frau die Pussi lecken, aber merkwürdigerweise wies sie den Gedanken zurück, es mit der hübschen, üppigen Negerin zu tun. Es gab Dinge, die sie nie tun würde.

»Ich hab' beschlossen, daß du ein bißchen Spaß mit Dan haben sollst, Telma. Du wartest doch wahrscheinlich schon lange genug darauf.«

»Wir drei?« fragte Telma ruhig. »So wie wir's mit Mr. Floyd gemacht haben?«

Betty lachte nervös. »Wir wollen erst mal abwarten, wie sich alles entwickelt, Telma. Vielleicht mag Dan Dinge nicht, die mein Mann mag – ich denke, wir sollten die Sache einfach ihm überlassen.«

»All right«, nickte Telma. »Wie Sie sagen, Miß Betty. Ich mache alles mit.«

Betty spürte, wie es eiskalt über ihren Rücken lief. Das braune Mädchen war verdammt klug, die schwarzen Augen so wissend. Vielleicht war es gut, daran zu denken, Telma einmal loszuwerden. Sogar ihre Freunde auf den Swap-Partys würden die Rolle mißbilligen, die die Negerin bei ihnen schon spielte.

Dan hatte nicht geschlafen, als Betty aus dem Bett gestiegen war. Er hatte nur so getan und gehofft, daß sie ihm Telma holen würde. Er wünschte es sich so sehr. Aus dem, was ihm

Betty erzählt hatte, hatte er herausgehört, daß die dunkelhaarige sexverrückte Frau Schiß davor hatte, was sie mit der Negerin vielleicht tun könnte. Einen unvorstellbaren Akt, vermutete er, im Grunde genommen auch für einen weißen Mann aus dem Süden – wieviel schlimmer mußte so etwas noch für eine *Frau* aus dem Süden sein, dort, wo die Rassentrennung immer noch gang und gäbe war.

Er war nicht ganz sicher, wie seine Gefühle waren. Er hatte schon ein paarmal attraktive Negerinnen gehabt, aber er hatte es nie jemandem erzählt. Er schämte sich nicht, aber er war auch nicht stolz darauf. Solche Sachen waren im Grunde genommen tabu und konnten zu einem Ärgernis werden, wenn es jemand in den falschen Hals bekam.

Er war also voreingenommen. Waren das nicht alle? Und warum sollte es falsch sein, beim Sex voreingenommen zu sein? Man konnte ja schließlich nicht jede vögeln. Er zum Beispiel war ja auch nicht schwul. Und er verabscheute den Gedanken, es mit einem Schwulen machen zu müssen. Doch er verstand die Homos. Aber es war ihre Sache allein.

Dan hatte in den Spiegel über dem Bett geschaut und seinen gewaltigen Dany betrachtet. Seine Kondition hatte Betty mehr und mehr in Staunen versetzt. Manchmal war er direkt versucht gewesen, ihr zu sagen, daß sie es mit einem Profi zu tun hätte. Das war er ja schließlich. Und sein Süßer war das wichtigste Werkzeug bei seinem Geschäft. Er hatte sich dazu trainiert, möglichst lange einen Steifen zu haben, aber das war nicht der einzige Grund, warum es Betty manchmal nicht schaffte, daß dieser gewaltige Mast erschlaffte.

Er hatte Betty satt. Sie langweilte ihn. Er hatte sie schon viel zu oft gesehen. Und er wußte genau, daß sie nicht doof war; er ahnte, daß das Pokerspiel nur der Weg war, um ihn zu bezahlen. Er brauchte nicht einmal betrügen, um zu gewinnen, aber offensichtlich hatte sie sich ein Limit gesetzt, wieviel sie verlieren wollte. Fünfzig Dollar jeden Tag.

Wenn er diesen Betrag gewonnen hatte, beendete sie das Spiel. Verdammt, es war nicht viel Geld. Soviel konnte er anderswo auch verdienen. Ja, sie langweilte ihn. Er hatte ihre Muschi und ihren Mund satt. So konnte es doch nicht wochenlang weitergehen, aber da war ein Haken: Es ging um Sharon und Floyd.

Dan schloß die Augen. Da haben wir's also, dachte er. Er konnte es drehen und wenden, wie er wollte. Sharon hatte sich verändert. Seit die Geschichte mit Betty und Floyd lief, hatten sie es im Gegensatz zu früher kaum mehr getrieben. Immer wieder hatte sich Sharon entschuldigt, sie sei müde, hätte Kopfschmerzen oder müsse ihre Kraft bewahren.

War es möglich, daß Sharon sich Floyds Angebot überlegt hatte? Daß sie es ernst nahm? Sie hatte ihm gesagt, daß der alte Kerl an Scheidung dachte; sie hatte gescherzt und gemeint, vielleicht käme ein Trip nach Nevada heraus, wo sie ein bißchen spielen könnten, nachdem sie Floyd und Betty ausgenommen hatten. Oder bis sie das ältere Paar satt hatten.

Am zweiten Nachmittag hatte Floyd Sharon mit auf ein Hotelzimmer genommen und ihr so nebenbei erklärt, daß er sich in sie verliebt hätte. Als Dan es erfuhr, hatte er gelacht; schon viele Ehemänner hatten das vorher gesagt; und Sharon hatte ihn überrascht, weil sie wütend geworden war. Floyd hatte ihr fünfhundert Dollar gegeben und ihr angeboten, mit ihr nach Reno oder Las Vegas oder wohin sie wollte zu fahren.

Dan hatte sofort gemerkt, daß da viel Geld im Spiel war. Natürlich wollte er keine Scheidung von Sharon. Sharon sollte nicht einmal darüber nachdenken, Floyd eventuell zu heiraten. Er hatte mit Sharon darüber gesprochen, sie hatte ihm zugehört und ihm gesagt, daß er es schließlich gewesen wäre, der sie auf Floyd gehetzt hätte, um das große Geld zu machen. Kühl hatte sie ihm erklärt, sie würde wie immer ihr Bestes tun.

Doch von dieser Zeit an hatte sie sich verändert. Sie hatte nicht mehr viel von Floyd berichtet, nur gesagt, daß alles in Ordnung sei, und sie hatte weitere fünfhundert Dollar in die Kommode gelegt, in der sie ihr Geld aufbewahrten. Sie hätten miteinander geplaudert, hatte sie gesagt – oder sie wären spazierengegangen. Wieder war sie wütend geworden, als er scherzend gefragt hatte, ob sie dem Burschen vielleicht einen abgewichst hätte.

Ja, Sharon hatte sich so verändert, daß es ihm komisch vorkam. Aber bei Frauen wußte man nie richtig Bescheid. Es gab in der Tat die Möglichkeit, daß sie auf eine Scheidung aus war. Vielleicht hatte sie sich wirklich in diesen Kerl verknallt.

Natürlich glaubte er es nicht! Aber einen reichen Mann an der Angel zu haben, das war schon etwas. Obwohl er glaubte, daß das meiste Geld von Betty – oder von Bettys Vater – kam, besaß Floyd ohne Zweifel eine ganze Menge Kies. Vielleicht war es Zeit, nun umzuziehen. Sie hatten genug Geld, um sich ein anderes Apartment in der City oder in einer anderen Stadt leisten zu können.

Dans Gedanken wurden von einem halblauten Kichern unterbrochen. Er erinnerte sich daran, daß man glaubte, er schliefe, aber er wußte sofort, daß dieses Kichern nicht von Betty kam, und so öffnete Dan langsam die Augen – indem er tat, als sei er gerade erwacht. Doch die beiden Frauen sahen ihm nicht ins Gesicht. Telma starrte auf seinen Steifen, und Betty starrte auf das braune Mädchen.

Telma hatte gerade ihr weißes Kleid ausgezogen. Ihr weißer Büstenhalter und das Höschen bildeten einen scharfen

Kontrast zu der wie Samt aussehenden braunen Haut. Dan kam es vor, als ob Betty genauso scharf auf das Mädchen sei wie er. Sie starrte sie an, obwohl sie den Körper des Mädchens doch schon oft genug gesehen hatte. Ihm fiel ein, daß Betty ihm einmal erzählt hatte, sie sei scharf darauf, eine Muschi zu lecken – auch die der Negerin. Aber das konnte nur so dahingesagt sein.

Er spürte, daß Betty so etwas bisher noch nicht gemacht hatte. Vielleicht kann ich ihr ein bißchen helfen, überlegte er, während er die großen braunen Brüste bewunderte, nachdem Telma die Büstenheber weggenommen hatte. Die Melonen waren fast so groß wie die Sharons. Natürlich hatten sie eine andere Farbe – sie waren dunkelbraun statt weiß, aber der wundervolle Körper des Mädchens glich sehr dem seiner schönen Frau.

Telmas schwarze Augen wandten sich von Dans Dany ab, als sie sich bückte, um den Slip auszuziehen. Dan setzte sich auf, denn er war sicher, daß das Mädchen sich über ihn werfen würde, um entweder seinen Steifen in den Mund oder in die Kleine zu nehmen, und er wußte, daß es gar nicht lange dauern konnte, bis es ihm kam, wenn er seinen Süßen in die pralle Süße dieses Mädchens, das er noch nicht gehabt hatte, steckte – plötzlich fiel ihm ein, daß es vielleicht ganz gut sein könnte, denn es ergab die Möglichkeit, daß Betty vor ihren eigenen ziemlich verdrehten Wünschen kapitulierte. Vielleicht profitierte er dabei, wenn er sah, wie zwei Frauen es miteinander machten.

»Ich dachte, ich wollte dich einmal angenehm überraschen«, erklärte Betty, die unentwegt auf Telmas schwarzes Dreieck über den wuchtigen Schenkeln gestarrt hatte.

»Das ist dir gelungen«, sagte er grinsend und sah dann auf Telmas prächtigen Körper, ehe er dem Mädchen in die Augen schaute. »Vielen Dank, Telma, daß Sie so auf Bettys Wünsche eingehen. Sie haben doch nichts dagegen, wenn wir's ein bißchen miteinander machen?«

»O nein! Wie könnte ich etwas dagegen haben, Mr. Dan!«

Ihre lauten Worte klangen glücklich, und ehe Betty hätte protestieren können, sprang Telma hoch und landete auf dem riesigen Bett. Dans Hände streichelten das braune Fleisch, dann packte er eine prächtige Brust mit der riesigen steinharten Knospe und preßte die andere Hand auf eine der prallen Pobacken.

Er legte sich richtig hin, um der schlanken, braunen, nackten Schönheit seinen Steifen zu verpassen, als Betty sagte: »Ich wollte mal zusehen, wie du ihn reinsteckst und sie verwöhnst. Aber so ganz sicher, ob du sie lecken solltest, bin ich nicht, Dan.«

»Wir haben viel Zeit und ich genug Kraft«, erklärte Dan, der keineswegs überrascht war, daß Betty während des Sprechens aufs Bett gekrochen war. Er senkte sein Gesicht und leckte mit der Zunge über Telmas erigierte Knospe. »Ich habe gehört, daß man die Farbe nicht abwaschen kann.« Er blinzelte Telma zu, und das lächelnde Mädchen blinzelte zurück. »Hast du schon mal gehört, daß so was passiert ist?«

Die hübsche Negerin schien plötzlich ernüchtert zu sein. Sie blieb steif liegen. »Ich arbeite hier für Miß Betty, Mr. Dan, und ich – nun, ich würde nie etwas tun, was sie nicht will.«

»Sie will ja gar nichts«, sagte Dan, der wußte, daß Telma genau seine Absichten erraten oder gefühlt hatte. Sie schien genau zu wissen, was Betty im Grunde genommen von ihr wollte und daß er es sein würde, der sie dazu ermutigte. Betty konnte immer noch davonlaufen. Nein, zwingen würde er sie nicht.

Dan lag auf Händen und Knien auf einer Seite und Betty in der gleichen Position auf der anderen Seite des nackten Mädchens. Dan lächelte, als er sah, wie Bettys Zunge herauskam und über die eigenen vollen Lippen leckte.

Wenn er es richtig machte, würde alles ganz leicht sein. Was konnte es schon schaden, wenn er einer Frau half, Ihre Wünsche zu erfüllen?

»Du hast zugegeben, daß du schon Brüste geküßt hast, Betty. Du hast zugegeben, daß du andere Frauen auf den Mund geküßt hast. Alles, was geschehen könnte, würde unter uns dreien bleiben. Stimmt's, Telma?«

Das farbige Mädchen gab keine Antwort. Sie hatte die Augen geschlossen, und Dan fühlte ihre geschmeidigen warmen Schenkel, die sich gegen ihn preßten. Er wußte, daß Telma genau so scharf war wie Betty. Frauen voller Sinnlichkeit, dachte er. Und ihm, dem Mann, dem sinnlichen Mann, dem geilen Mann, dem lüsternen Mann, mußte es gelingen, daß Betty alle Hemmungen verlor, daß wirklich eine Triole aus dieser Geschichte wurde. Plus der Möglichkeit natürlich, viel Geld aus der weißen Frau herauszuholen.

Er senkte sein Gesicht und nahm eine der steifen Perlen in den Mund. Er saugte so lange, bis Telma zu keuchen begann – und er brauchte nicht auf Betty zu sehen, um zu merken, daß sie das gleiche mit der anderen Knospe tat. Er spürte ihr weiches Haar an seiner Wange, und die Laute sagten ihm, daß sie bereits auf dem Weg war, die letzte Schranke zu durchbrechen.

Dan streichelte Telmas schönen Körper, er war unfähig, dem Gefühl der warmen Nacktheit zu widerstehen; er wußte, daß er sie später bumsen würde, aber erst mußte sie sich vor Geilheit krümmen – mit seiner Hilfe und mit Hilfe der Zunge Bettys, die immer noch auf ihrer Brust kreiste, bis seine Hände plötzlich auf Bettys ebenso warmen, glatten und festen Körper überwechselten.

Er schob ihr einen Finger ins Paradies, und bald bewegte sie sich keuchend hin und her. Dann änderte er seine Taktik und preßte ihr heißes Fleisch gegen seine Hand und seine Finger. Jetzt war er genauso geil wie die beiden keuchenden Frauen. Aber er durfte das, was er begonnen hatte, noch nicht beenden.

Er schob sich und Betty auf dem Bett ein wenig tiefer – tiefer auf Telmas erregender Nacktheit –, und in dieser Position preßte er seine Lippen auf Bettys geöffneten Mund. Er saugte an ihrer Zunge, senkte den Kopf, und ihre beiden Gesichter näherten sich immer mehr dem Nabel der jungen Negerin.

Nun ließ er Bettys Mund los und spielte mit seiner Zunge im Nabelloch. Bettys dunkle Augen glänzten. Sie leckte sich über die Lippen, und dann konnte sie nicht widerstehen, als Dan ihr Gesicht zärtlich umdrehte und die feuchten Lippen auf Telmas gespannten zitternden Bauch drückte.

Bettys Zunge zuckte heraus. Dan zog seine Finger aus dem seidigen Haar. Er sah zu, wie Betty langsam mit ihren Lippen und ihrer Zunge tiefer und tiefer glitt. Telmas runde Oberschenkel waren bereits gespreizt, nun hoben sich ihre braunen Pobacken von dem Bettlaken.

Dan spielte ein paar Augenblicke mit den sehr kurzen und sehr schwarzen Haaren. Sie fühlten sich an wie Roßhaar, wie ein hübscher, dichter Teppich, und es tat ihm leid, daß er das Mädchen jetzt noch nicht pinseln konnte. Denn Betty schien ihn ganz vergessen zu haben, sie rutschte immer tiefer, und ihre Finger drückten sich in die hochgehobenen Pobacken.

Telma keuchte und bäumte sich noch mehr auf, als Betty endlich die letzte Bewegung machte. Dan zog Gesicht und Oberkörper weg, als er sah, daß Betty nun nicht mehr aufzuhalten war. Sie stürzte sich geradezu auf Telmas Muschi.

»Kommen Sie rauf, Mr. Dan! Miß Betty braucht Sie nicht mehr. Sie dürfen es mir glauben!«

Dan sah, daß Betty ihn nicht mehr brauchte. Jetzt jedenfalls nicht. Die weiße Frau konnte gegen die lesbische Lust nicht mehr ankämpfen. Er sah in Telmas von Leidenschaft erfüllte schwarze Augen. Plötzlich zweifelte er, ob er es noch sehr lange aushalten konnte, und er wußte, daß das dunkelhäutige Mädchen scharf darauf war, ihm einen zu blasen, während Betty ihr heißes Fleisch leckte – und die Negerin war glücklich.

Dan hatte seinen heißen Körper hochgeschoben, dann hockte er sich über Telmas hübsches Gesicht und unterdrückte sein Stöhnen, als ihre geschmeidigen, langen Finger nach seinem pulsierenden harten Fleisch griffen. Eine Hand zog seinen Steifen zwischen ihre feuchten Lippen, während die Finger der anderen Hand zärtlich seinen Dingdong liebkosten.

»Bis zum Ende«, flüsterte Telma, während ihre Zunge über seine Eichel zuckte. »Bitte hören Sie nicht auf, Mr. Dan! Bitte! Ich mach's doch so gern mit einem Mann!«

Dan mußte ein Kichern unterdrücken, denn es war ziemlich merkwürdig, daß er unter diesen Umständen Mister genannt wurde. »Ich werd' kaum aufhören können, wenn du erst mal angefangen hast, nicht wahr?«

Das Mädchen antwortete, indem es weit den Mund öffnete und den Kopf hineingleiten ließ. Dan stöhnte. Er spürte die leckende heiße Zunge, die wundervolle Sensation, daß sein Steifer im Mund des lüsternen Mädchens steckte, und wußte, daß er jetzt Betty nicht mehr mit dem erpressen konnte, was sie mit dem braunen Mädchen machte. Es lag also nun an Sharon, das große Geld zu machen.

»Ich spritze!« rief Dan MacKay plötzlich.

Und er tat es.

9

Telma arbeitete fast eine Stunde lang, um das Apartment wieder in Ordnung zu bringen, in dem sie gelegentlich mit ihrem Stiefvater und Stiefbruder lebte. Sie hatte oft gesagt, daß sie nie mehr hierher zurückkehren würde, aber es vergingen kaum mehr als drei oder vier Tage, da war sie doch wieder da.

Rudy Washington hatte Telmas Mutter geheiratet, als Telma zehn Jahre alt gewesen war. Sie hatte ihren eigentlichen Vater nie gekannt. Nicht einmal seinen Namen. Er war gestorben, ehe sie auf die Welt gekommen war, und ihre Mutter hatte gesagt – er sei gestorben, bevor sie die Möglichkeit gehabt hätten zu heiraten. Telma war sich völlig darüber klar, daß sie das Ergebnis einer leidenschaftlichen Beziehung einer sehr dunklen Mutter und eines hellhäutigen Gentleman war, der sich rechtzeitig aus dem Staub machte.

Telmas Mutter war ein richtiges Luder gewesen. Oft genug hatte Telma sie mit Männern beobachtet, bis Rudy mit seinem zwölf Jahre alten Sohn eingezogen war. Ihr Stiefvater und sein Sohn waren genauso schwarz wie ihre Mutter.

Als Telma achtzehn Jahre alt war, stürzte ihre Mutter betrunken von einer Treppe und brach sich das Genick. Telma war sehr unglücklich gewesen, aber wie die meisten jungen Menschen vergaß sie ihren Kummer schon nach ein paar Tagen. Eines Nachts wartete Telma, bis Junior eingeschlafen war, und dann betrat sie ihres Stiefvaters Schlafzimmer. Sie wußte, daß er sehr einsam war und scharf auf das, was sie ihm zu bieten hatte.

Sie hatte ihn auch schon nackt gesehen, als er seinen großen schwarzen Speer dazu benutzt hatte, ihre Mutter zu beglücken, und sofort hatte sie an die Möglichkeit gedacht, die dieser gewaltige Pfahl ihr bieten konnte. Rudy sagte kein Wort, als sie zu ihm ins Bett kroch. Er machte nicht die geringste Anstrengung, sie vielleicht wieder wegzuschicken. Sie packte sofort seinen großen, steifen schwarzen Bimbo mit einer Hand und zog ihn mit ihrer anderen Hand an ihre heiße Bimba. Sie kannte sich aus, denn außer Junior hatten sie auch ein paar andere Jungens mit bemerkenswerten Schwänzen gehabt, und so hatte sie schnell gelernt, wie leicht es war, einen Junior in sich aufzunehmen, und als ihr Stiefvater gespritzt hatte, versuchte sie mit ihrem Mund, seinen Süßen wieder aufzurichten. Er hatte es mit ihr gemacht, und sie war fast vor Glück verrückt geworden – er war ja auch viel erfahrener mit seinem Mund und seiner Zunge als Junior und die anderen Burschen in der Gegend, und von dieser Zeit an erfüllte sie ihre fraulichen Pflichten zu Hause in jeder Beziehung.

Sie war sicher, daß Rudy und Junior immer gewußt hatten, daß sie sich sie teilten, aber niemand hatte je ein Wort deswegen fallenlassen. Als sie älter und noch schärfer geworden war, hatte Junior ihr eines Tages vorgeschlagen, Geld aus ihrer Lust zu machen. Er würde sie betreuen und schützen. Aber sie hatte das Gefühl gehabt, daß es nicht ganz richtig wäre. Es war ihr ein bißchen komisch vorgekommen, daß sie Geld für etwas nehmen sollte, was ihr wahrscheinlich mehr Spaß machte als einem Mann.

Sie machte gern Männer glücklich. Und Frauen. Eine Nachbarin hatte ihr die lesbische Liebe gezeigt. Es war eine ziemlich aufregende Angelegenheit gewesen, und sie hatte sie wieder und wieder wiederholt, ohne daß es ihr weniger Spaß gemacht hätte, sich von Männern verwöhnen zu lassen. Es hatte nur geholfen, die Skala ihrer erotischen Aktivitäten zu verbreitern.

Miß Betty hatte sicherlich ebenfalls an diesem Nachmittag

etwas dazugelernt, dachte Telma, während sie die Seife von ihren schaukelnden Brüsten wusch. Ja, Miß Betty hatte endlich getan, wonach sie sich so lange, lange gesehnt hatte. Und Mr. Dan! Der weiße Mann war wirklich ein Mann! Hoffentlich verlor sie ihren Job nicht nach dem, was geschehen war. Mr. Dan war auch nachher sehr freundlich zu ihr gewesen, aber Miß Betty ein bißchen verlegen und beschämt.

Natürlich weil sie eine Negerin war, aber sie hoffte, Miß Betty würde sie nicht feuern. Gesprochen hatte man noch nicht darüber. Miß Betty hatte nur gefragt, ob sie heute abend nach Hause ginge, und was das bedeutete, wußte sie noch nicht. Aber sie bekam immer einen Job, doch es hatte ihr Spaß gemacht, bei Miß Betty und Mr. Floyd zu sein. Sie bezahlten prima. Nun, sie mußte bis morgen warten und sehen, was passierte. Vielleicht führten sie sie sogar mal in einen dieser Swap-Klubs ein. Das wär 'ne Sache!

»Oh, hey, Telma! Hab' gar nicht gewußt, daß du hier bist!«

Telma sah, daß ihr Stiefbruder an der Badezimmertür stand. »Jetzt weißt du's«, sagte sie lächelnd. »Na, worauf wartest du? Wenn du baden willst, dann los! Ist was? Es ist ja nicht so, als ob ich nie – «

»Um die Wahrheit zu sagen, Telma«, unterbrach sie Junior, »ich hab' gehört, daß du hier bist, und wollte die Tür zumachen. Ich hab' 'nen Freund auf 'n Bier mitgebracht, und er sitzt in der Küche.« Junior sah Telma an und lachte nervös. »Dachte, es sei besser, wenn er dich nicht nackt sieht.«

»Du nimmst mich ganz schön hoch, Junior! Du hast genau gewußt, daß ich hier bin. Sicherlich hast du gesehen, wie ich durch den Korridor gegangen bin. Willst du mich wirklich auf den Arm nehmen?«

»Nein. Es ist nur so, ich schulde dem Jungen 'n paar Dollar! Ein prima Kerl, Telma. Spielt großartig Billard und zeigt mir, wie man's macht. Ich lern 'ne Menge dazu.«

»Du solltest lieber sehen, daß du bei einem Job bleibst, statt dich dauernd im Billardsaal rumzudrücken«, sagte Telma nicht unfreundlich. »Wenn's bloß ein paar Dollar sind, dann kriegst du sie von mir und kannst den Jungen bezahlen, Junior. Wie sieht er aus?«

Junior starrte auf Telmas Ballons. »Ich denke, du wirst ihn mögen«, sagte er grinsend und zeigte seine perfekten weißen Zähne. »Ich nehm dich bestimmt nicht auf den Arm, Telma. Ehrlich. Art ist vielleicht dreißig, denke ich, und so groß wie du und ich, ein bißchen dunkler als du. Er ist sauber – ich weiß, wie wichtig das für dich ist. Wie wär's?«

»Was – wie wär's?« fragte Telma scherzend.

Junior runzelte die Stirn. »Ja oder nein, Telma. Ich hab' mächtig mit dir angegeben, und Art ist aufgeregt, weil ich ihm nicht gesagt hab', daß wir gar nicht Bruder und Schwester sind. Daddy kommt nicht vor drei oder vier Stunden nach Hause. Er muß einige Büros weißen und warten, bis die Leute Feierabend haben. Was soll ich Art sagen?«

Telma grinste, und Junior zwinkerte ihr zu und ging – und sie ahnte, daß er dabei noch was für sich herausschlagen würde. Nicht zum erstenmal hatte Junior einen Freund zum Vergnügen mitgebracht, und er konnte genausogut lügen wie die Wahrheit sagen. Und dieser Art würde ihr bestimmt kein Geld anbieten, wenn Junior ihn deswegen gewarnt hatte.

Sie spürte schon die Erregung in ihrem Körper, und die Brüste waren steinhart, bloß weil Junior sie betrachtet hatte; Telma mußte sich dazu zwingen, sich ein bißchen Zeit zu nehmen.

Nachdem sie das Apartment aufgeräumt und die schmutzigen Teller gewaschen hatte, die seit ihrem letzten Besuch herumstanden, legte sie sich schnell ein paar Augenblicke in die Badewanne. Sie wollte ein bißchen nachdenken, wie hübsch es gewesen war, sich von den weißen Leuten beglücken zu lassen.

Dann trocknete sie sich schnell ab und kümmerte sich nicht darum, ein Handtuch um den Körper zu wickeln. Junior und Art waren schon in ihrem Schlafzimmer, genauso wie sie es sich gedacht hatte, und Junior lag ausgezogen auf dem Bett. Art stand da, hatte noch immer sein Hemd und die Slacks an und grinste dämlich. Ein hübsches Gesicht, dachte Telma, der es gefiel, wie seine glänzenden schwarzen Augen ihren Körper bewunderten.

»Was ist los, Bruder? Dein Alter ist ja noch nicht steif!«

»Du weißt schon, wie du ihn hochkriegen wirst, Schwesterchen«, sagte Junior und blinzelte Telma zu und sah dann auf Art. »Ich hab' dir gesagt, daß sie es macht, oder? Wir machen's schon die ganze Zeit. Für uns ist das nichts Besonderes, nicht mehr als Billard.«

»Das will ich nicht sagen«, erklärte Telma und setzte sich auf die Bettkante und nahm Juniors schlaffen Junior in die Hand. »Für mich ist Sex das Wichtigste auf der Welt.«

»Du weißt genau, was ich meinte«, sagte Junior und beobachtete, wie sein Süßer unter Telmas aktiven Fingern länger und dicker wurde. »Nun weißt du, daß ich nicht gelogen hab', Art. Hast du schon mal 'ne prächtigere Frau gesehen?« Er kicherte. »Oder 'nen hübscheren Schwanz?«

»Ich war nie an so was interessiert«, sagte Art, der zum erstenmal den Mund aufmachte. »Ob weich oder hart.«

»Das ist prima«, meinte Telma und sah auf den Berg, der in Arts Hose immer größer wurde. Mehr als Durchschnitt, dachte sie, und sicherlich schon ganz schön naß an der Eichel. Sie wichste Juniors prächtigen Junior und schaute in Arts hübsches Gesicht. »Wenn du aufhören kannst zuzusehen, dann solltest du dich ausziehen und mich was sehen lassen, Art. Oder du bist bloß zum Zugucken hier.«

Art sah kurz in Telmas Augen, es war schwer für ihn, nicht mehr auf ihre prächtigen Brüste oder die Pflaume zwischen den etwas gespreizten Beinen zu starren. Er begann sein Hemd aufzuknöpfen. »Ich fürchte, ich kann nicht soviel bieten wie Junior.«

»Du bist alt genug, um zu wissen, daß die Größe allein nicht wichtig ist«, sagte Telma und schob sich noch mehr auf der Bettkante zurecht, so daß Art direkt in ihre Muschi sehen konnte. »Aber etwas möchte ich gern wissen. Für mich ist Sex schön, und wenn du's anders ansiehst, dann solltest du lieber gehen, ehe du ausgezogen bist. Bist du verheiratet?«

»War ich mal«, sagte Art und kniete sich hin, um die Schuhe auszuziehen und die ganze Zeit über auf Telmas Muschi zu schauen. »Sie hielt Sex für 'ne häßliche Sache, und darum haute ich ab. Sie dachte, ich sei ein Tier, weil ich ihre Kleine lecken wollte.«

Junior kicherte. »Das erinnert mich an was, Schwester! Du weißt, daß es lange dauert, bis es mir kommt, vielleicht solltest du jetzt 'n bißchen zulegen, damit wir drei bei der ersten Sitzung gleichzeitig kommen. Ich hab' das Gefühl, daß Art ganz schnell seine Eier entleeren wird!«

Telma hatte auch so gedacht. Sie drehte ihren Oberkörper herum und beugte sich über ihn und küßte den steifen, pulsierenden, schwarzen Schaft. Mr. Dans Junior ist auch so groß, dachte sie, während sie sich umsah, was Art wohl tat. Der schwarze Mann war nackt, sein Steifer hatte genau die richtige Größe für das, was sie am meisten mochte, und er trat nun aus dem Kreis, den seine Hose und Shorts bildeten.

»Steck ihn noch nicht rein«, sagte Telma zu Art, während sie sich auf Händen und Knien zwischen Juniors Beine hockte.

Telma senkte den Kopf und nahm die Eichel von Juniors Steifen in den Mund. Art kroch aufs Bett, er legte sich auf den Rücken und schob sein Gesicht unter und zwischen Telmas Oberschenkel. Junior packte Telmas Kopf und hob sich etwas hoch, stieß den Süßen tief hinein, und Telma senkte sich so, daß ihr heißes Fleisch Arts Gesicht berührte. Arts starke Finger packten Telmas Pobacken und zogen, und seine Zunge glitt in Telmas Paradies und fand schnell ihre steife, schlüpfrige Klitoris. Telma wünschte sich manchmal, die Männer könnten genauso weitermachen wie die Frauen. Ohne zu explodieren – oder sie könnten auch nach dem Spritzen noch weitermachen. Mr. Dan hätte es fast geschafft. Er hatte sich fast sofort wieder erholt – oder sein starker Süßer –, und auch Junior war hinterher nach ein oder zwei Minuten wieder zu einem neuen Abenteuer bereit.

Als sie das Zittern tief in ihrem eigenen Körper spürte, merkte sie, daß auch Art sich auf dem Bett hin und her warf; Telma hob ihr Gesicht hoch.

Sie merkte, daß Junior bereits die Hände von ihrem Kopf und seine Finger aus ihrem Haar gezogen hatte. Seine Augen waren geschlossen, und er atmete schnell mit weit offenem Mund. Art leckte ihre heiße Muschi wie im Fieber, und einer seiner Finger war an dem anderen sehr empfindlichen Portal. Wenn es ihr jetzt kam, und sie war nahe daran, dann würde Art alles, was aus ihr herauslief, aufsaugen, und es würde ihn sicherlich glücklich machen.

Sie rief ein paarmal laut »Ohhh« und »Ahhh« und wieder »Ohhh«, und ihre zuckende Lust bewegte sich immer schneller über seiner steifen Zunge.

Dann hob sie sich etwas, sie wollte sehen, ob Art bereits seine Ladung abgeschossen hatte, aber sofort packte er sie und rollte sie auf den Rücken. Doch sie drückte ihre Beine fest zusammen, als Art sich auf sie warf und versuchte, seinen Steifen zwischen ihre Oberschenkel zu schieben. Gekommen war es ihm also noch nicht.

»Nun mal ruhig, Art! Sag ihm, wie ich's haben will, Junior!«

Junior lachte. »Telma hat's gern von hinten, Art! Verdammt noch mal, warum sagst du's ihm nicht selbst, Telma?«

Art hatte seinen Mund auf Telmas linke Brust gepreßt und saugte wie verrückt an dem Zuckerstück. Junior rollte sich auf die Seite und nahm sich Telmas andere Spitze vor. Telma legte beide Hände auf ihre Köpfe und zog sie herunter und gleichzeitig schob sie sie von ihrem prallen Fleisch in die gierig saugenden Münder.

»Ich glaub', wir sind jetzt alle geil genug, um es zusammen zu machen«, sagte Telma schließlich und zog ihre Hände zurück. »Mir ist's natürlich schon mal gekommen, aber das macht nichts. Ich kann immer hintereinander kommen.«

Art zog den Mund von ihrer prallen Brust zurück und hob sein Gesicht. Seine schwarzen Augen leuchteten wie glühende Kohlen. Noch immer versuchte er seinen Süßen zwischen ihre geschlossenen Oberschenkel zu stecken. Einen Augenblick dachte Telma daran, wie gut es war, daß ihre Haare so weich waren. Sonst hätte sie ihm bestimmt ein paar Haarspitzen in die Glans gestoßen.

»Laß ihn mich doch reinstecken, Telma! Ich will jetzt in deine rein!«

»Vielleicht wär's beim erstenmal so sogar besser«, meinte Telma. »Hörst du, Junior? Aber du solltest ein bißchen Vaseline nehmen – «

Junior ließ Telmas Titte los und sagte: »Ich hab' 'ne bessere Idee. Rück mal zur Seite, Art, ich will dir zeigen, was ich meine. Verdammt, Mann, du tust so, als ob du noch nie vorher 'ne Frau gehabt hättest!«

»Tut mir leid«, sagte Art und rückte auf Händen und Knien zur Bettkante. »Ich bin ein bißchen verrückt, weil ich so 'ne Muschi noch nie hatte. Ich mein damit, nicht so 'ne gute wie die von Telma.«

»Oh, besten Dank«, sagte Telma, streckte die Hand aus und streichelte Arts Wange. Mit der anderen Hand griff sie hinunter, um Juniors Junior zu führen. Sie wußte, woran er dachte – sie hatten es oft genug so gemacht. Aber sie war sich nicht ganz sicher, ob Junior die Kraft aufbringen würde, sich rechtzeitig zurückzuziehen. Auch ihn machte ihre Muschi verrückt.

Aber Junior stieß nur ein paarmal zu, nachdem er seinen dicken Schaft in Telmas bereits sehr nasse Lust versenkt hatte.

»Siehst du«, sagte Junior und zog seinen Steifen heraus. »Jetzt ist er schön schlüpfrig.«

Telma bemerkte, daß Art nicht hinsah. Vielleicht traute er sich nicht, den Schnucki eines anderen Mannes anzusehen, überlegte sie. Vielleicht mußte Art genauso wie Miß Betty gegen sich kämpfen, wenn seltsame Wünsche auftauchten. Schließlich hatte *sie* Miß Betty ja nicht gezwungen, es zu tun. Auch Mr. Dan nicht. Aber die schöne weiße Frau hatte schnell gelernt! Wenn man so etwas überhaupt lernen konnte.

»Steck ihn nun rein, Art! Dann rollen wir uns auf die Seiten und – nun, Junior weiß, was dann zu tun ist.«

»Das sollte ich wohl! Ich hab's oft genug gemacht! Los, Art! Hast du vorher so was noch nie gemacht? Es ist verrückt, aber prima, ehrlich, und wenn wir ihn drin haben, dann müssen wir nur sehen, daß wir auch drin bleiben. Das andere erledigt schon Telma.«

»Ich kann mich einfach nicht an die Idee gewöhnen, daß Bruder und Schwester etwas miteinander machen«, brummte Art. »Ich meine – nun, ich hab keine Schwester, aber –«

»Ihr solltet nicht quatschen, sondern losmachen«, unterbrach ihn Telma. »Ich hoffe, wir können mindestens noch zwei Sitzungen abhalten, bevor ich das Abendessen mache. Du bleibst doch zum Abendessen hier, nicht wahr, Art?«

Sie taten es, und es war so schön, daß Telma die Augen schließen mußte. Es war phantastisch, einfach wundervoll, ungeheuerlich. Sie hoffte, so würde es einmal im Himmel sein. Sogar das Bett bewegte sich in perfektem Rhythmus. Die Bettfedern knarrten, als Fleisch gegen Fleisch schlug, und es kam Telma vor, als ob alle drei im gleichen Rhythmus atmeten.

»Sagt, wenn's euch kommt«, rief Telma.

»Jetzt!« schrie Art.

»Jetzt!« brüllte Junior.

»Und ich fliege in den Himmel!« rief Telma, während ihr Körper zu zittern begann.

Und sie flog und flog und flog ...

10

Es war fast genauso wie beim ersten Mal, als Dan und Sharon McKay Floyd und Betty Denning besucht hatten. Sie saßen alle vier in dem luxuriösen Wohnzimmer, hatten ihre Drinks vor sich stehen und unterhielten sich – genauso wie sie es beim ersten Mal getan hatten –, aber jetzt fühlten sie sich alle nicht gerade sehr behaglich.

Dan fürchtete, Sharon hätte vielleicht herausgefunden, daß er an diesem Nachmittag Telma einen verpaßt hatte, und Betty hatte Angst, Floyd hätte vielleicht gemerkt oder wüßte, daß sie eine lesbische Sache mit der kleinen Negerin hinter sich hatte.

Beide vermieden es, einander direkt anzusehen, beide fürchteten, daß der andere plötzlich etwas sagen würde, was besser ungesagt bleiben sollte.

Sharon hatte Angst, daß Dan wütend würde, weil sie mit Floyd an diesem Nachmittag im Hotelzimmer zuviel geplaudert hatte; und Floyd war sich nicht ganz klar, was während oder nach der kleine Rede, die er halten wollte, passieren würde.

Vielleicht brachte er gar nicht alles so heraus, wie es ihm jetzt noch vorschwebte; ein Redner war er im Grunde genommen nicht. Doch immer wieder hatte er darüber nachgedacht.

Und so herrschte in dem Wohnzimmer, in dem die beiden Paare sich aufhielten, eine gespannte Atmosphäre, und auch wenn sie sich unterhielten und sich dabei kaum ansahen, so spürten sie, daß irgend etwas sozusagen in der Luft lag.

Nach einer längeren Pause räusperte sich Floyd schließlich. Sharon, die neben Dan auf einer Couch saß, stellte die Füße fest auf den Boden und setzte sich gerade hin. Betty, auf der anderen Couch neben Floyd, tat das gleiche.

Dan schaute auf Floyd, als er sah, daß beide Frauen den älteren Mann betrachteten. Auch Dan spürte, daß sich irgend etwas sehr Wichtiges zwischen ihnen ereignen würde – oder gesagt werden würde. Denn Sharon hatte ihm erzählt, daß Floyd sie eingeladen hätte, aber sie hatte sich geweigert, den besonderen Grund für dieses Treffen zu sagen.

Dan zwang sich zu einem halblauten Kichern. »Ich hab' das Gefühl, daß Sie irgend etwas vorhaben, Floyd. Warum spukken Sie's nicht endlich aus?«

»Ja«, sagte Betty und sah ein paar Sekunden lang offen in Dans Augen. »Du hast auf diesem Zusammentreffen bestanden – dieser kleinen Party heute abend, Floyd, und ich bin sicher, daß wir alle sehr scharf darauf sind zu hören, was du vorhast. Stimmt's, Sharon?«

»Im Grunde genommen kann ich mir in etwa vorstellen, was Floyd sagen will«, meinte Sharon. »Willst du, daß ich es sage, Floyd?«

»Ach was! Ich glaube, ich kann es schon schaffen«, erklärte Floyd. »Ich bin nur ein bißchen unsicher, weil ich noch nicht weiß, wie ich am besten anfangen soll. Na, vielleicht kriegst du die Dinge besser hin.«

Sharon legte die Hand auf Dans Knie, und dann zog sie sie wieder zurück auf ihren Schoß.

»Ich habe Floyd erklärt, wie wir unseren Lebensunterhalt bestreiten, Dan. Heute nachmittag, nachdem er – nun, ich hab's ihm eben gesagt, das ist alles.«

»Das ist nicht alles«, rief Floyd. »Sharon hat es mir erst gesagt, nachdem ich ihr angeboten habe, sie zu heiraten. Ich habe sie gefragt, ob sie mich heiraten möchte, und da hat sie mir alles erzählt, und das war auch gut so. Ich habe ihr schon immer gesagt, daß ich sie liebe.« Floyd kicherte. »Die Hochzeit findet natürlich erst statt, nachdem wir beide geschieden sind!«

Betty starrte Floyd an. »Das möchte ich aber auch hoffen! Aber du – du verrückter alter Knallkopf! Du wirst nicht mal mit mir fertig, ohne daß du dich irgendwo aufgeilst! Ja, glaubst du wohl, du könntest eine schöne, junge Frau wie Sharon glücklich machen! Du kannst sie nicht einmal befriedigen!«

»Nun ja, er hat es bei mir ganz gut gemacht«, meinte Sharon. »Wirklich, wenn ich nicht – wenn ich Dan nicht lieben würde, dann hätte ich ihn auf der Stelle geheiratet. Ob mit Geld oder ohne Geld, das möchte ich noch hinzufügen.«

»Ich hab' sie genauso geliebt, als ob ich noch ein junger Mann sei«, sagte Floyd. »Das heißt, bis heute. Nachdem mir Sharon alles erzählt hat – also, ich konnte einfach nicht spritzen, nachdem ich von ihrem Geschäft gehört habe.«

»Unser Geschäft«, sagte Dan und hoffte, Betty würde nicht auf die wahnsinnige Idee kommen, alles zu beichten.

»Ich wollte gerade umziehen und glaube, daß es ganz gut ist, daß das jetzt ans Tageslicht gekommen ist.«

»Ich kümmere mich einen Dreck drum«, rief Betty. »Ich weiß bloß, daß mein Mann ein Narr ist, der sich einbildet, er sei verliebt und müsse jemanden heiraten, weil er zufällig einen Steifen gekriegt hat wie damals, als er jung und noch nicht so ausgemergelt war! Da! Vielleicht hab' ich mir jetzt die Zunge verbrannt, aber ich glaube, daß ich mich klar genug ausgedrückt habe.«

Dan sagte, wenn Betty endlich den Mund hielte und ihm eine Chance gäbe, dann hätte er auch einiges zu sagen. Und Betty hörte zu, während Dan erzählte, während er lächelte und ab und zu Blicke auf Floyd warf. Und dann begann sie zu lachen, denn Dan hatte genau berichtet, wie er und Sharon operierten.

»Hast du denn Sharon auch von *uns* erzählt, Floyd?« fragte Betty, nachdem sie schließlich zu lachen aufhörte. »Wenn wir von Anfang an ehrlich und aufrichtig uns gegenüber gewesen wären, dann hätte man sich all diesen ganzen Quatsch ersparen können!«

»Ich habe es Sharon gesagt«, erklärte Floyd. »Vielleicht kann sie jetzt ihren Ehemann einweihen.«

»Floyd und Betty sind richtige Swinger«, sagte Sharon und legte ihre Finger wieder auf Dans Knie. »Sie swappen schon seit Jahren. Sie gehören zu einer Gruppe verheirateter Swapper und gehen zu diesen wilden Partys, von denen wir schon gehört oder gelesen haben.«

Dan schob ziemlich roh Sharons Hand von seinem Knie. Doch im gleichen Augenblick tat es ihm leid, daß er so roh gewesen war, aber er konnte es jetzt nicht mehr ändern. Er war sich einfach nicht ganz sicher, was er zu der Entwicklung sagen sollte.

Am liebsten wäre er aufgestanden und hätte mit Sharon, ohne noch ein Wort zu sagen, das Apartment verlassen. Zum erstenmal schämte er sich wirklich, daß er aus seiner Ehe das gemacht hatte. Warum? Weil man darüber sprach, vermutete er.

»Nun haben wir wieder eine ganze Weile geschwiegen«, sagte Betty schließlich. »Ich kann eigentlich nicht sehen, daß sich im Grunde genommen die Dinge sehr geändert haben. Dan hat das Geld, das ich ihm gab, von mir gewonnen, und ich bin sicher, daß Floyd sich für das Geld, das er Sharon gab, recht anständig bezahlen ließ. Ich meine, sie hat's ihm mit ihrem Körper bezahlt. Und ich hätte bestimmt das Doppelte für Dans Dany bezahlt, was ich beim Poker verloren habe.

Ich möchte einen Vorschlag machen. Wir beide haben doch eine Menge Geld, Floyd und ich. Warum spielen wir nicht offen und ehrlich miteinander, ich meine, ich lasse mich von Dan verwöhnen und Sharon von Floyd, und hinterher diskutieren wir dann darüber, was für ein Gehalt wir Dan und Sharon aussetzen wollen. Wie klingt das, Floyd?«

»Ich glaube nicht, daß wir sehr an einer solchen Sache interessiert sind«, antwortete Dan, der sich fragte, wieviel Geld Sharon eigentlich aus Floyd herausgeholt hatte. Oder wieviel sie ihm nicht von diesem Geld gegeben hatte.

Er sah in Bettys dunkle Augen. »Das würde uns auf die Stufe mit Dienstboten stellen, nicht wahr?«

»Nicht unbedingt«, rief Floyd. »Aber ich möchte gleich sagen, daß ich gegen einen solchen Plan bin. Die ganze Idee ist mir zu unmoralisch – oder so –, selbst für mich. Aber ich könnte Dan helfen, einen Job zu finden.«

Sharon lachte. »Da hast du aber, was Dan angeht, gerade ein ziemlich schmutziges Wort gesagt, Floyd!«

»Und wie ist es mit dir?« fragte Dan. »Hast du Floyd gesagt, wovon und wie du gelebt hast, ehe ich dich auflas? Ehe wir heirateten?«

»Nein, aber ich werde es jetzt tun. Leute, ich war eine Nutte. Heutzutage nennt man es natürlich umschrieben Callgirl, aber so oder so, ich hab' meine Kleine verkauft und meine Talente. Ich habe unzählige Männer und viele Frauen bedient, und dann habe ich Dan geheiratet, und er versuchte, mich wieder auf die richtige Bahn zu bringen.«

Schweigen. Langes Schweigen. Floyd hatte einen schockierten Ausdruck auf seinem Gesicht, und Dan konnte sehen, daß Betty mit neu erwachtem Interesse Sharons gewaltige Brüste und hellgebräunte Beine betrachtete. Betty war tatsächlich wieder auf Lecken aus.

Dan sah Sharon an, und als sie ihr schönes Gesicht ihm zuwandte, stand er auf. Verdammt noch mal, er wollte seine Frau in Aktion *sehen* – mit einer Frau oder einem Mann!

»Wir waren glücklich, bevor wir diese Leute kennenlernten, Sharon. Laß uns um Gottes willen hier raus – und so schnell wie möglich auch aus dem Gebäude verschwinden. Wir können unsere Kleider packen und abhauen, und vielleicht werden diese so anständig erscheinenden Swapper die Schlüssel dem Grundstückmakler für uns geben.

Nun, kommst du? Oder möchtest du lieber mit Floyd wieder ins Bett gehen? Oder mit Betty? Vielleicht möchtest du beide gleichzeitig haben? Sie haben ein Schlafzimmer mit Spiegeln und dem größten Bett, das ich je – «

»Bloß noch einen Augenblick«, unterbrach ihn Floyd und stand ebenfalls auf. »Sie scheinen sich vielleicht einzubilden, daß sie jetzt etwas Besseres sind, seitdem wir zugegeben haben, daß wir swappen, Dan! Warum? Wer gibt Ihnen das Recht, die Nase zu rümpfen, wenn sie aus dem Körper Ihrer Frau den größten Teil Ihres Einkommens beziehen? Glauben Sie vielleicht, Sie können alle dieser Fragen vernünftig und logisch beantworten?«

»Ich möchte sie auch gern hören«, sagte Betty, die nun ebenfalls stand. »Wir beide haben geliebt, und ich habe deinen Kleinen geleckt und du meine Tussi, und ich bin gewiß, daß Floyd und Sharon das auch miteinander gemacht haben, und jetzt, da du herausgefunden hast, daß wir Swapper sind, drehst du durch. Das begreife jemand!«

»Vielleicht gibt es Dinge, die man nicht erklären kann«, meinte Dan und sah Floyd und dann Betty an. »Könntest du deinem Mann erklären, was heute nachmittag passiert ist?«

Sofort wußte er, daß er zuviel gesagt hatte. Dan sah Sharon an. Sie war die einzige, die noch saß, und sie hob den Kopf nicht. »Kommst du nun mit mir, Sharon?«

»Wenn du mich nach dem, was ich jetzt zu sagen habe, noch haben willst«, erklärte Sharon und blieb sitzen. »Ich will Floyd die tausend Dollar zurückgeben, die in der Schublade sind. Ich habe bereits die Schecks vernichtet, die er mir gegeben hat. Sie lauteten auf zehntausend Dollar. Ich hatte ernsthaft daran gedacht, dich zu verlassen – mit oder ohne Floyd.

Aber nachdem ich heute die Wahrheit gesagt habe, erkläre ich, daß ich nicht daran denke, dich jemals zu verlassen. Ich werde bei dir bleiben, mit dir leben, dich und alle haben, die du mir bringst, aber ich werde niemals wieder sagen, daß ich dich liebe, bis du mir sagst, was ich immer hören wollte. Ende der Ansprache.«

»Dem haben sie's gegeben«, sagte Betty und klatschte ein paarmal in die Hände. »Und nun darf ich vielleicht etwas sagen, nämlich das, was ich denke.«

»Laß mich zuerst«, unterbrach Floyd sie. »Ich will die tausend Dollar nicht zurück. Das, was ich mit Sharon gemacht habe, war weit mehr wert für mich, das kann ich offen bestätigen, und – nun, das wär's, obwohl ich neugierig bin, was Dan zu sagen hat. Ich möchte nämlich ganz gern wissen, was heute nachmittag geschehen ist. Oder würde es zu schwierig sein, mir das zu erklären?«

»Wirklich nichts von Bedeutung«, sagte Dan. »Ich fand nur zufällig heraus, daß Telma schwul ist. Betty gab mir diese Information, und die ganze Zeit über«, Dan zwang sich zu einem Lächeln, »glaubte ich, Sie würden es vielleicht mit dem Dienstmädchen machen.«

Betty sah Sharon an. »Sie scheinen die einzige zu sein, die noch nicht weiß, daß Floyd und ich viel Spaß daran gefunden haben, uns unsere entzückende kleine Negerin zu teilen, Sharon. Und jetzt, nachdem das auch bekannt ist, möchte ich meine kleine Rede halten. Hat jemand Einwendungen? Nein? Na schön. Setzt euch, Floyd und Dan! Danke.«

Nachdem die zwei Männer wieder saßen, drückte Betty ihre Pobacken auf die Couch. Dann sagte sie ziemlich laut: »Mist! Das ist das, wofür ich das dumme Gequatsche während der vergangenen paar Minuten halte! Wenn irgendein Außenstehender diesen ganzen Kitsch, den wir uns an den Kopf geworfen haben, hören würde, dann würde er uns sofort für kindische Idioten halten. Aber wir sind alle Erwachsene und klug genug, unseren Verstand genausogut zu benutzen wie unsere Körper, und ich schlage vor, daß wir uns daran erinnern sollten.«

»Ich dachte, es würde nur eine kleine Rede werden«, meinte Floyd wütend.

»Du, mein lieber Ehemann, solltest dich daran erinnern, daß ich gar nicht ärgerlich bin über deinen verdrehten Sex mit irgend jemandem. Zum Teufel noch mal, ich mag alle Männer, wenn ich es mit ihnen treibe. Als Dan seinen mächtigen Ständer in meine schlüpfrige Süße rammte, glaubte ich, ich würde ihn für immer und ewig lieben!

Ich glaube sagen zu können, daß Sharon alle ihre Gefühle auf Dan übertragen hat, zuallererst natürlich ihre Liebe – auf ihn und seinen Schnucki, und ich weiß auch oder fühle, daß Dan seine schöne junge Frau liebt. Stimmt's, Dan?«

»Du redest einen ziemlichen Quatsch zusammen«, sagte Dan.

»Quatsch? Was soll denn das für ein Quatsch sein? Das ist offen und ehrlich gesprochen. Nein, mein Lieber! Mir geht es fast wie Telma. Telma spricht immer davon, wie wunderschön Sex ist, und ich glaube, wir können eine ganze Menge von dem

Mädchen lernen. Ich weiß, ich hab's heute nachmittag gemacht! Mit Dans Hilfe. Floyd, ich hab' mir endlich den Wunsch erfüllt, einmal aggressiv zu sein!«

»Also auch offen und ehrlich«, nickte Floyd. »Und ich weiß auch, daß die Farbe nicht abgeht. Natürlich hat man das schon oft gesagt, das weiß ich genau, aber gerade in diesem Augenblick habe ich mich daran erinnert. Ich hoffe, du glaubst nicht, daß ich überrascht bin, daß du ihr die Pussi geleckt hast. Ist das das Ende deiner Rede?«

»Gleich«, sagte Betty. »Ich möchte nur hinzufügen, daß ich für alle Fragen und Vorschläge zur Verfügung stehe. Was ist mit dir Dan? Hast du noch was zu sagen?«

»Ich denke, du hast bereits genug gesagt«, knurrte Dan.

»Ich möchte noch eine Frage stellen«, rief Sharon. »Vielleicht sind es eher ein paar Bemerkungen oder Feststellungen.« Sharon lachte. »Lieber Himmel, ich glaube, ich rede ziemlich geschwollen. Was unter diesen Umständen ziemlich stupid ist, glaube ich. Ich stimme mit der Negerin überein, daß Sex schön ist. Mit wenigen Ausnahmen, möchte ich hinzufügen. Nebenbei gesagt, Betty, ich bin froh, daß dir Dans gewaltiger Dany in der Muschi Spaß gemacht hat.«

»Sharon!«

»Dan, du hattest eine Chance, etwas zu sagen und wolltest nichts sagen«, fuhr Sharon ruhig fort. »Du hättest mich mal mit den Männern reden hören sollen, als ich noch eine richtige Hure war. Damals haben wir sogar die sogenannten schmutzigen Wörter dazu benutzt, um uns gegenseitig zum Orgasmus zu verhelfen. Aber bei Floyd war das nicht nötig.«

»Du solltest mal sehen, was bei Floyd alles nötig ist«, sagte Betty. »Vor allem Telmas Hilfe, meine ich. Nicht, daß dieses hübsche Mädchen es nicht genießen würde! Der Kleinen gefällt doch alles!«

»Ich bin nicht daran interessiert, einmal zu sehen, was Telma alles kann«, sagte Sharon. »Aber ich glaube, ich langweile euch.«

»Du langweilst mich nicht«, sagte Betty. »Ich muß dir offen sagen, daß du mich faszinierst. Ich kann sogar verstehen, warum sich Floyd in dich verliebt hat. Ich glaube, ich habe mich auch in dich verliebt. Und möglicherweise hat Dan nichts dagegen, wenn wir beide zusammen ins Bett gehen. Wenn du mitmachst, natürlich! Vielleicht können wir's mal zu dritt machen, wie er es mit – «

»Du hast meine Frage beantwortet«, sagte Sharon kurz, nachdem Betty ihren Satz ausklingen ließ. »Hat Dan sie geleckt, Betty? Auch, sollte ich sagen, denn das, was ich noch sagen wollte, bezog sich auf deine Beichte.«

»Ich glaube, das sollte Dan selbst sagen«, meinte Betty.

»Nachdem du mich sozusagen in die Ecke geboxt hast«, sagte Dan und stand auf, »ich habe meine Aktionen keinem Menschen zu sagen oder gar zu erklären. Ich bin nicht Sharons Kind. Falls sie – «

»Laßt mich einen Vorschlag machen«, unterbrach Floyd und sprang auf. »Betty hat recht. Wir haben wie idiotische Kinder gequatscht. Laßt uns zu einer Party gehen. Wir brauchen nicht einmal anzurufen. Wenn in einer Wohnung nichts los ist, dann gehen wir in eine andere. Ich möchte Dan und Sharon einmal zeigen, wie erwachsen wir Swapper sind. Da gibt es keine Eifersucht, kein dummes Gerede, kein finanzielles Motiv. Völlige sexuelle Freiheit, offen praktiziert – vielleicht werdet ihr zwei dann einander besser verstehen.« Floyd kicherte. »Und das ist nun das Ende meiner kleinen Rede.«

»Recht gut gesagt«, rief Betty. »Ich glaube, es liegt nun an dir, Dan. Entweder gibst du hier vor Zeugen zu, daß du deine süße kleine Frau liebst, oder du gibst ihr die Freiheit, ohne an einen Dollar zu denken.«

Dan zögerte. Vielleicht würde ihnen die neue Erfahrung doch etwas einbringen. Und außerdem gab's sicherlich eine Menge Muschis. »Ich überlaß das alles Sharon«, sagte er, ohne seine Frau anzusehen.

Sharon lachte. »Warum nicht? Ich hab' schon immer mal eine richtige Sexorgie mitmachen wollen!«

11

Es sah bestimmt nicht so aus, als ob die sogenannte Party sich in eine Sexorgie verwandeln würde, dachte Dan. Er sah eine Gruppe attraktiver Frauen und Männer dasitzen oder in dem großen Zimmer herumstehen – einige auch an der Bar –, sie tranken und plauderten, sie benahmen sich, als ob sie von sexueller Freiheit noch gar nichts gehört hätten.

Er und Sharon waren verschiedenen Leuten vorgestellt worden, Männern und Frauen, und zwar durch Betty und Floyd, aber er hatte die Namen bereits vergessen. Es waren acht, vielleicht zehn Paare, und er hatte zwei Frauen entdeckt, die er liebend gern gehabt hätte. Ob er sie einmal fragen sollte? Oder ob er einfach sagen sollte, er sei bereit für eine Aktion?

Floyd und Betty hatten im Grunde genommen überhaupt nichts erklärt. Sie waren mit einem Taxi zu dem großen Haus in einem Vorort-Wohnviertel gefahren, und Floyd hatte gesagt, daß er nicht gern selbst fahren würde, wenn er etwas getrunken hätte – und dann hatte der Bursche begonnen, einen Drink nach dem anderen zu kippen. Vielleicht hatte sich Floyd wirklich in Sharon verliebt, überlegte Dan, der plötzlich merkte, daß der ältere Mann verschwunden war.

Betty war bereits mit Sharon aus dem Zimmer gegangen. Sicherlich waren sie schon nackt und machten es miteinander. Dan starrte auf seinen zweiten Scotch, den er noch nicht angerührt hatte. Schon im Taxi hatte Betty Sharon unaufhörlich gestreichelt, und Sharon hatte ganz offen gesagt, daß sie sich darauf freue, wieder einmal mit einer Frau ins Bett zu gehen. Natürlich war Sharon wegen Telma wütend gewesen, aber das war wohl vorbei. Wie zum Teufel konnte eine Ex-Hure wütend bleiben oder sich davor ekeln, wenn irgendwer etwas mit irgendwem machte?«

»Hey, Honey! Ich habe Betty vor ein paar Sekunden mit deiner süßen Frau im Flur gesehen und versucht, so schnell wie möglich herzukommen, aber dann kam dieser dumme Telefonanruf. Mein Mann möchte wissen, wie alles hier läuft. Er mußte vor ein paar Tagen verreisen. Nun mal ehrlich, Sie sind doch Dan, nicht wahr?«

»Ich bin vor etwa zehn Minuten hergekommen«, sagte Dan lächelnd und sah in die funkelnden grünen Augen der großen rothaarigen Frau, dann betrachtete er ihren Körper unter dem Seidenkleid. »Ich habe gerade darüber nachgedacht, warum ich hier so verlassen sitze.«

»Oh, das tut mir aber wirklich leid, Dan! Ich bin Hilda. Ich wohne nämlich hier, das ist meine Party, und in unserer Gruppe gibt es nicht viel Regeln, aber ich glaube, daß ich zuerst Anspruch auf Sie habe. Da mein Mann nicht hier ist – nun, ich glaube, nicht einmal er hätte Sharon von Betty ohne die Benutzung seiner Fäuste trennen können. Alle Männer und mehr als die Hälfte der Frauen sind bestimmt hinter Ihrer schönen jungen Frau her. Dan! Ich eingeschlossen natürlich. Sie ist eine zu süße Puppe!«

»Haben Sie nicht zufällig Floyd gesehen?« fragte Dan, der im Augenblick nicht richtig überlegen konnte, weil er einen irrsinnigen Steifen hatte, denn die Nähe der aufregenden jungen rothaarigen Frau machte ihn fast fertig, dazu kam noch, daß er bald dieses prächtige Fleisch zwischen den Händen haben sollte.

»Der arme Liebling hat schon seine Probleme«, sagte Hilda ernst. »Ich hab' ihm gesagt, er soll doch mal einen Vibrator über seinen Süßen stecken, aber er ist ein bißchen empfindlich in solchen Sachen. Vielleicht beobachtet er Betty und Ihre prachtvolle Frau. Betty nahm sich gerade noch die Zeit, um mir ins Ohr zu flüstern, daß Sie einen großartigen Ständer hätten. Ach, da fällt mir gerade etwas ein! Ich wußte gar nicht, daß Betty –«

»Ich glaube, sie entdeckt gerade ihre Vorliebe für das Lekken von Muschis«, unterbrach Dan sie, obwohl er nicht ganz sicher war, daß Sharon es Betty zurückgeben würde. »Außerdem möchte ich noch sagen, daß Ihre Gäste anscheinend nicht sehr am Sex interessiert sind.«

»Es ist noch früh«, lachte Hilda. »Außerdem hat hier jeder jeden viele, viele Male geliebt – und wahrscheinlich in allen möglichen und unmöglichen Stellungen und Kombinationen. Aus diesem Grund suchen wir Swapper doch immer neue Talente. Sie scheinen vielleicht jetzt nicht großes Interesse zu zeigen, aber Sie dürfen mir glauben, daß sie ganz scharf darauf sind, ihre Chancen bei Ihnen als neue Mitglieder zu haben. Natürlich erwarten sie nicht, daß sie alle heute abend an die Reihe kommen!«

Dan gab sich nicht die Mühe, ihr zu sagen, daß sie, was ihn und Sharon betraf, keine neuen Talente waren; allerdings war es ihnen im Grunde genommen gleich, ob man sie als Mitglieder der sogenannten besten Gesellschaft ansah, obwohl er und Sharon doch wirklich keinen Anspruch auf Achtbarkeit erhoben.

»Wann geht's denn eigentlich richtig los?« fragte Dan, der plötzlich merkte, daß sie eine Weile geschwiegen hatte. Er starrte in die funkelnden grünen Augen und grinste. »Ich meine, wann sehen wir, ob mein sogenannter gewaltiger Ständer auch bequem in dein Döschen paßt?«

Hilda lachte. »Ich weiß, ich werde dich bestimmt mögen, Dan! Doch, wirklich, ich werde dich sogar sehr mögen!«

Bei diesen Worten faßte Hilda Dans Hand und führte ihn

quer durch das große Zimmer. Dan folgte ihr willig, er war scharf darauf herauszufinden, wie bepackt diese Rothaarige war, dennoch aber sah er bewußt, daß einige Frauen sich nicht die Mühe machten, das Interesse an dem, was unter seiner Hose steckte, zu verbergen. Die Situation hatte ihn schon richtig geil gemacht, so daß er sich fragte, ob er vielleicht zu einem Exhibitionisten geworden war, der es gern hatte, wenn Weiber den Berg in seiner Hose betrachteten.

Eigentlich hätte doch, wenn Frauen oder Männer hinsahen, angesichts der Tatsache, daß er sich in der besseren Gesellschaft befand, sein Süßer sofort erschlaffen müssen!

Das Schlafzimmer lag an einem langen Flur. Die verschiedenen Türen, an denen sie vorbeigingen, waren geschlossen, und Hilda bemerkte, daß sie wahrscheinlich später alle offen sein würden. Er ließ seine Hand auf ihrem Rücken bis zu ihren schaukelnden Pobacken herunterrutschen. Das schwarze Kleid war so eng, daß er den Ritz sehen konnte, und er wußte, daß sie sich nicht um einen Slip gekümmert hatte, als sie dieses kurvenbetonte dünne Kleid angezogen hatte.

Sie hatte es nicht mehr lange an. Sekunden nachdem das Licht angedreht und die Tür geschlossen worden war, flog zuerst das Kleid weg und danach der hauchdünne Büstenhalter, und überraschend große rote Knospen in riesigen Höfen auf sehr kleinen Brüsten tauchten auf. Es waren Brüste, die sich Dan gar nicht richtig ansehen konnte, denn schon hockte Hilda vor ihm auf den Knien, um seine Schuhe und Socken auszuziehen.

Aber er hatte gesehen, daß ihre Haare ein wenig dunkler waren als das Haar auf dem Kopf, und noch ehe er ihren Rücken und die Schultern streichelte, nachdem sie ihm das

Hemd und Unterhemd ausgezogen hatte, wußte er, daß ihre warme Haut weich und glatt sein würde.

Hilda ratschte den Reißverschluß herunter, nachdem sie Schuhe und Socken ausgezogen hatte. Sie griff hinein und holte seinen Steifen heraus, während er an seinem Gürtel herumfummelte. Dann beugte sie sich etwas zurück, um ihn besser betrachten zu können.

»Betty hat recht, Dan. Du hast einen geradezu wundervollen dicken, langen Schnucki. Sagenhaft! Vielleicht müssen wir das Vorspiel ein bißchen ausdehnen, ehe wir es machen. Das mag von meiner Seite aus ziemlich hart klingen, wenn ich so rede, aber du sollst wissen, daß ich es nicht so meine. Ich brauche mindestens fünf Minuten bis zur Klimax, siehst du, und vielleicht kommt es mir sogar erst dann, wenn du zum zweitenmal gespritzt hast. Falls du es zweimal schaffst!!!

Du verstehst doch sicherlich, wie wichtig es ist, daß ich dir diese Frage stelle, nicht wahr?«

»Aber gewiß«, sagte Dan, amüsiert von den Worten der Frau und von der Art, wie sie gegen ihren Wunsch ankämpfte, seinen dicken Schnucki in den Mund zu nehmen.

»Vielleicht hätte dir Betty etwas über die Dauer meiner Lust sagen sollen, Hilda. Ich hab' sie gevögelt – sie und ein anderes Mädchen, und zwar heute nachmittag, und du siehst, daß ich immer noch prächtig in Form bin. Ich glaube, ich bin für wenigstens fünfzehn oder zwanzig Minuten gut, ehe mein Alter explodiert, warum also fängst du nicht – «

Dan beendete seinen Satz nicht. Es war nicht nötig, weil Hilda seine Einladung oder seinen Vorschlag angenommen hatte, und er mußte sich auf die ersten paar Sekunden konzentrieren, um nicht als Lügner dazustehen. Aber er überwand leicht die erste Zeit, die für ihn immer die gefährlichste war, wenn es um eine neue Frau ging, wenn er zum erstenmal die heiße Muschi an seinem Ständer spürte. Es war sehr gut, daß er nur allgemein von einem Mädchen und nicht von Telma direkt gesprochen hatte.

Betty würde es bestimmt nicht gefallen haben, das wußte er genau, und es tat ihm irgendwie leid, daß er mit dem farbigen Mädchen so intim gewesen war. Vielleicht verließ ihn Sharon deswegen sogar. Oder sie ging und suchte sich einen Neger.

Nein! Dan stöhnte bei diesem Gedanken. Er wußte sofort, daß Hilda glaubte, dieses Stöhnen sei eine Warnung. Er entdeckte sich dabei, daß er hinunter in ihre glitzernden grünen Augen sah – während sein nasser Süßer gerade vor den immer noch gespreizten, glänzenden Lippen war.

»Süß!« flüsterte Hilda. »Ganz wundervoll, wirklich. Du mußt diesen Liebeskolben mit Babyöl pflegen.«

»Ach was«, sagte Dan glucksend. »Ich nehme Muschiöl dazu und –«

»Sprich doch nicht so«, unterbrach ihn Hilda lachend und stand auf.

»Und nun zieh deine Slacks und die Shorts aus, und dann wollen wir einmal sehen, was du kannst. Bist du stark genug, um es im Stehen zu machen? Weißt du, ich hab's so gern, wenn dabei meine großen Spitzen gekaut werden. Wenn du ihn erst mal drin hast, dann kannst du dich auch hinsetzen. Mein Mann und ich machen es die meiste Zeit über so. Wenn du es so lange zurückhalten kannst, wie ich glaube, dann werde ich Susanna holen. Sie saugt und leckt so gern meine großen Knospen. Sie hat ein entzückendes kleines Döschen. Ich bin aber nicht ganz sicher, ob sie deinen Riesenständer aufnehmen kann! Ach was, ich mach natürlich Spaß. Ich hab' in Wirklichkeit noch nie gehört, daß ein Süßer zu groß oder eine Süße zu klein ist.«

Während Hilda plapperte, hatte Dan seine Slacks und

Shorts ausgezogen. Hilda hüpfte hoch und legte ihre schlanken Beine um seine Taille. Dan packte die festen Pobacken und half ihr, sich auf seinen Steifen herabzulassen. Sie gab halblaute wimmernde Töne von sich, nibbelte an seinem Hals und sagte ihm, wie wunderbar es sei. Auch Dan merkte, daß es wirklich gut war. Sie schlang ihre Hände um seinen Hals und lehnte sich zurück. Er hob sie auf und ab, und jedesmal, wenn er hinuntersah und der Schlitz unter ihren dunkelroten Haaren hellrot leuchtete, rutschte sein Steifer ein Stückchen mehr hinein.

Er tat es immer und immer wieder und spürte, wie ihre inneren Muskeln sein hartes Fleisch umklammerten, und er zweifelte fast, daß sie es die fünf Minuten, die sie erwähnt hatte, aushalten würde.

Wer mochte wohl diese Susanna sein, die sie erwähnt hatte? Er war sehr gespannt und absolut sicher, daß er noch ein paar Runden hinlegen konnte, denn in dem großen Zimmer warteten mindestens zwei oder drei Frauen gierig darauf, daß er ihnen das Glück bescherte.

Dennoch war es wohl besser, nicht allzuviel auf einmal zu geben, obwohl er liebend gern an den großen roten Knospen gesaugt hätte; er spazierte mit der sich krümmenden Frau hinüber zu dem großen Bett. Hilda war, abgesehen von ihren zu kleinen Brüsten, eine prächtige, üppige, sehr fleischige Frau, aber sie war überraschend leicht. Wie eine gute Tänzerin, dachte Dan, als er sich auf die Bettkante setzte. Seltsamerweise hatte er mit vielen schweren Frauen getanzt, die sich wie eine Feder auf ihren Füßen bewegt hatten.

Nicht, daß sich die stöhnende und zitternde Hilda nun auf ihren Füßen bewegte! Die heißblütige Frau hockte da und leckte seinen schlüpfrigen Schaft! Dan dachte sofort an etwas anderes, er versuchte sich in Gedanken das Fußballspiel, das er vor einigen Wochen gesehen hatte, zurückzurufen. Das war eines der Geheimnisse seiner bleibenden Kraft. Nun ja, ein besonderes Geheimnis war es ja nicht, das wußte er. Viele Männer machten ähnliche Dinge. Er kannte einen, der beim Knudeln, wenn es ihm nicht kommen sollte, Zahlen miteinander malnahm, manchmal sogar Dezimalzahlen, was eine besondere Konzentration erforderte.

Aber auf diese Weise hatte er mehr Frauen geliebt als die meisten Männer in ihrem ganzen Leben. Nun ja, so ganz wahr war das auch wieder nicht, korrigierte er sich. Die meisten Männer träumten davon, weit mehr Frauen zu haben, als sie je bekommen konnten. Und am merkwürdigsten war es, daß trotz aller Ablenkungsmanöver beim Lieben so oft das Gesicht seiner süßen kleinen Sharon auftauchte ...

»Ich will's jetzt anders haben, Dan! Steh auf und leg dich über mich!«

Dan hatte die langen Knospen, die jetzt geschwollen und noch länger waren, gesaugt und geleckt. Er hob sein Gesicht und sah die Leidenschaft in den grünen Augen. Er grinste.

»Mein Gefühl sagt mir, daß höchstens drei Minuten vergangen sein können, Hilda.«

»Aber ich komme, verdammt noch mal!«

Dan krabbelte hoch, drehte sich um und legte, ohne den Kontakt zu unterbrechen, Hilda auf den Rücken. Dann jagte er seinen Steifen immer und immer wieder in die geile rote Oase, die so unglaublich tief war, daß er glaubte, nie den Grund zu erreichen, er liebte sie, bis sie ihn anbettelte, doch aufzuhören. Und als er seinen Dany herauszog, da tropfte ihr Liebessaft aufs Bett. Ihm war es natürlich noch nicht gekommen.

In einem anderen Schlafzimmer und einem anderen Bett hatte

Sharon ihre eigenen Probleme. Sie konnte nicht zum Orgasmus kommen. Beide hatten sich langsam ausgezogen, und dann hatte sich Betty praktisch auf Sharon geschmissen.

Sharon hatte geglaubt, es gäbe irgendein Vorspiel, und so war sie nicht auf Bettys unglaublich geilen Angriff vorbereitet.

Sharon, verhältnismäßig ruhig unter diesen Umständen, glaubte, daß es verschiedene Gründe gab, daß sie die Klimax nicht erreichte. Daß Floyd dastand und zusah, war das eine. Er war hereingekommen und hatte die Tür, kurz nachdem seine Frau ihr Gesicht in der Muschi vergraben hatte, geschlossen, und es lenkte sie ziemlich ab, daß ein Mann zusah, wie seine eigene Frau wie verrückt lutschte und schlabberte. Besonders wenn dieser Mann völlig angezogen war und keine Zeichen physischer Erregung von sich gab.

Aber es gab noch einen Grund: Sie hatte Angst, Dan würde die Tür gerade im rechten – oder im unrechten – Augenblick öffnen. Sie wollte nicht, daß ihr eigener Mann sah, wie es ihr eine Frau machte, oder daß sie von dem Mann dieser geilen Frau geliebt wurde oder was er sonst vorhatte – ob mit oder ohne Steifem.

Natürlich erwartete man von ihr, daß sie es mit anderen Männern und Frauen machte. Schließlich waren sie auf einer Sexparty. Die ganze Sache hätte ihr sogar Spaß machen können, wenn sie nicht unaufhörlich an Dan denken müßte.

Das war der Hauptgrund, daß es ihr nicht kam. Immer und immer dachte sie an ihren Mann. Früher oder später würde er sie sicher einmal beim Lieben sehen. Und sie würde ihn sehen. Aber wollte sie ihn sehen? Es würde schrecklich schockierend sein, wenn Dan das tat, was Betty im Augenblick mit ihr tat. Und er hatte es mit dieser Negerin gemacht!

Sharon krümmte sich und schob ihre Süße gegen Bettys

Gesicht und ihre leckende Zunge. Daß es ihr nicht kam, lag bestimmt nicht an Betty, das war klar!«

Wenn man in Betracht zog, daß Betty auf diesem Gebiet noch ziemlich neu war – wieder mußte sie an die Negerin denken! –, dann war sie sehr geschickt in der Rolle einer aggressiven Lesbierin.

Plötzlich hob Betty den Kopf, ihre dunklen Augen glühten, die Finger um Sharons feste Pobacken entspannten sich. »Was ist los, Darling? Kannst du es nicht machen? Ich will, daß es dir kommt! Ich will fühlen, wie es dir kommt! Vielleicht, wenn ich Will rufe, daß er mir einen von hinten verpaßt? Ich bin so scharf –«

»Später, vielleicht später«, unterbrach Sharon, der plötzlich klar wurde, was sie eigentlich wollte – was sie glaubte, tun zu müssen. Sie löste sich schnell aus Bettys Griff und schwang ihre Beine aus dem Bett. »Laß dir von Floyd jetzt einen verpassen! So gut, wie er es kann.«

Während sie zur Tür lief, schaute sie zurück und sah, daß Floyd tatsächlich aufs Bett zuging. Sharon schauderte, als er sich neben das Bett hinkniete und sein Gesicht fest in Bettys dunkle Oase drückte. Wie würde sie sich benehmen, wenn sie Dan sah, der es mit einer der anderen Frauen tat? Aber vielleicht sollte das der endgültige Test ihrer Liebe zu ihm werden!

Die Türen auf der anderen Seite des Korridors waren geöffnet. Auf einem Bett tobten zwei Männer eifrig mit zwei Frauen, während die Frauen einander küßten. Sharon sah nur so lange hin, um zu erkennen, ob Dan nicht einer der Männer war – fast wünschte sie, sie würde ihn so vorfinden, gewissermaßen in einer milderen Art von Sex, ohne jede Perversität –, dann lief Sharon den Flur hinunter, ohne sich die Mühe zu machen, die Tür zu schließen, hinter der es die Dennings auf ihre Weise miteinander trieben.

Fröhliche Laute erklangen aus dem Wohnzimmer und der Bar, ein weiterer Beweis, daß die Swapper langsam loslegten. Alle Schlafzimmertüren schienen geöffnet zu sein, und wieder dachte Sharon daran, wie lange sie versucht hatte, unter Bettys zuckender Zunge zu kommen. Viel zu lange, merkte sie, denn auf allen Betten lagen Männer und Frauen, die sie angezogen im großen Zimmer gesehen hatte. Ab und zu erkannte sie jetzt ein Gesicht und dann betrachtete sie wieder die nackten Männer und die nackten Frauen.

Sharon blieb einen Augenblick lang stehen und schaute in zwei weitere Schlafzimmer, ehe sie ihren Mann endlich fand. Auf einem Bett sah sie einen Mann, der eine Frau von hinten verwöhnte, während die Frau den Schnucki eines anderen Mannes im Mund hatte, und im nächsten Schlafzimmer waren vier, zwei Männer und zwei Frauen, ineinander so sehr verschlungen, daß sie fast eine Minute brauchte, um zu erkennen, daß keiner der Männer Dan war, wie sie zuerst gedacht hatte.

Als Sharon Dan fand, erkannte sie ihn zuerst an seinem Dany. Dieser mächtige Freudenprügel verließ gerade eine Muschi, ehe er in einer anderen verschwand. Sharon konnte das Gesicht ihres Mannes nicht sehen. Er lag flach auf dem Rücken und eine dritte nackte Frau hockte auf seinem Gesicht und seiner Brust.

Plötzlich war Sharon eifersüchtig. Und wütend. Sie hatte dem Mann, den sie liebte, gezeigt, daß sie sich ebenfalls völlig gehen lassen konnte. Unter diesen Umständen war es fast verrückt, daß sie nicht *daran* dachte, wo doch in diesem Haus so viel Betrieb war, sondern daß sie an Dan dachte, an ihre Liebe. Immer noch liebte sie Dan, ganz egal, was er tat – obwohl sie sah, was er tat –, und wenn sie es schaffte, würde sie ihn sogar bitten, mit ihr nach Hause zu gehen.

Vielleicht aber weigerte er sich. Wahrscheinlich würde er das tun. Er konnte ihr vielleicht sagen, daß er fertig mit ihr war. Und sie wollte ihn doch so sehr. Unter allen Umständen wollte sie ihn, zu jeder Bedingung. Vielleicht war sie verrückt; wahrscheinlich war sie verrückt, aber sie konnte nicht anders. Sie wußte, daß Dan Mühe haben würde zu spritzen, genau wie sie – und sie war plötzlich sicher, daß er aus dem gleichen Grund keinen Orgasmus haben konnte.

Dan liebte sie. Vielleicht konnte er es einfach nicht zugeben, aber es war so. Vielleicht ärgerte er sich über sie, vielleicht dachte er daran, daß sie mit einem anderen Mann zusammen war – mit anderen Männern und Frauen –, und wenn es möglich sein würde, einfach hineinzugehen und es ihm zu sagen, dann würde sie es tun. Würde er lachen? Würde er sie auffordern mitzumachen? Sie wollte nicht, daß er sah, wenn sie es trieb. Sie mußte sich anziehen und gehen und so tun, als hätte sie ihn nicht einmal beobachtet ...

Sharon löste ihren Blick von der wilden Toberei und ging wieder den Flur hinunter. Ihre großen Brüste schaukelten, sie brauchte nicht hinzusehen, um zu wissen, daß die Spitzen hart waren. Ihre Brüste klopften und kitzelten, es war das gleiche Kitzeln wie unten in ihrer Muschi, und sie fühlte dennoch, daß es ihr nicht kommen würde, wenn sie jetzt noch einmal loslegte.

Wieder blieb Sharon vor einer Tür stehen und beobachtete die vier, die ineinander verschlungen auf dem Bett des nächsten Zimmers lagen. Noch fünfzehn Sekunden lang zögerte sie. Warum nicht? Hatte nicht Dan alles zerstört – hatte er sie nicht zu dieser Sexparty verführt? Hier hieß es mitmachen und sich Befriedigung suchen. Sie ging schnell zum Bett, und plötzlich packte sie ein Arm, männliche Finger legten sich um eine Brust; dann waren die Finger einer Frau an der anderen pulsierenden Brust. Sharon warf sich vor, sie streckte die Hände aus, berührte einen Steifen mit einer Hand, hatte eine Spitze in der anderen.

Sie war von männlichem und weiblichem Fleisch umgeben. Ein gieriger Mund saugte an ihrer rechten Brust, ein anderer gieriger Mund und eine Zunge beschäftigten sich mit einer Perle, Finger und Lippen und Zungen zogen Spuren über ihren erregten Körper, über ihr fiebriges Fleisch, und ein Gesicht preßte sich in ihre Süße. Die nassen Liebeslippen spreizten sich, und die Zunge glitt in den Spalt und fand einen Liebesknopf.

Sie krümmte sich, bis sie mit ihrem Mund den Junior erreichen konnte, den sie in einer Hand hatte. Aber es machte ihr auch nichts aus, als der Steife bald wieder weggezogen wurde. Jemand rollte sie auf den Rücken, und dann war eine Pussy da, das feuchte heiße Fleisch zitterte genauso wie ihr eigenes – und dann merkte sie kaum, als sich Lippen und eine feste Zunge von ihrer zuckenden Muschi lösten. Denn ein Steifer war da und begann sie zu lieben, hinein und heraus, hinein und heraus, brachte sie rhythmisch immer näher der gewaltigen Ekstase, die sie so leidenschaftlich ersehnte, die sie so verzweifelt brauchte.

Aber bevor sie kommen konnte, spürte sie, daß das harte Glied herausgezogen wurde, doch schnell war ein anderer da, genauso hart, und während dieser kurzen Zeit hockte sich eine Frau über ihr Gesicht und schob ihr die Süße über den Mund, eine zuckende, nasse, heiße, zitternde Oase.

Sie paßte ihre Hüften dem Rhythmus des zweiten Mannes an. Und sie spürte, daß es ihr kam, sie erlebte die wunderbarste aller Sensationen, sie arbeitete so gekonnt, daß ihre Partner gleichzeitig mit ihr den Höhepunkt erreichten. Ihre vier Partner jetzt. Denn eine ihrer Hände hatte einen schlüpfrigen

Schnucki gefunden, den sie rieb, und der Mittelfinger ihrer anderen Hand war tief in eine schlüpfrige Grotte getaucht.

Plötzlich, nur wenige Sekunden vor dem überwältigenden Orgasmus, der sie alle erbeben ließ, vor den heißen Spritzern der Spermen, erkannte sie plötzlich, daß sie gleichzeitig mit vier Leuten in einer unwahrscheinlichen sexuellen Orgie verstrickt war und daß sie sich dennoch nicht so verlor, wie sie es nur mit ihrem Mann erlebte.

Doch das hielt sie nicht davon ab, dieses wunderbare physische Vergnügen mit aller Kraft zu genießen. Sie warf sich hoch und krümmte sich und zuckte, sie spürte die Wellen in ihrem Körper, die heiße Flut, die Nässe, die überall war, den Liebessaft, der in ihren Mund lief, dennoch blieb sie geistig allein – als ob sie in Wirklichkeit eine sechste Person sei, die von irgendwoher ihren eigenen nackten Körper betrachtete.

Sharon lachte wild, als ihr Mund und ihr Gesicht plötzlich frei waren. Sie öffnete die Augen zum erstenmal, seitdem sie sich zwischen die fremden Leute geworfen hatte, zwischen all das heiße, geile, nach Moschus riechende Fleisch.

Und dennoch, trotz ihrer Gedanken, war sie geil, immer noch geil.

»Ich hab' gerade angefangen«, sagte sie, als sie spürte, daß plötzlich Tränen über ihre bereits nassen Wangen liefen. »Holt alle her, Leute! Bis auf meinen Hengst von Mann! Ich will nicht, daß er mein Fest stört!

Ich will nicht, daß er mich hier herausholt!«

Sie spreizte weit die Beine.

»Seht euch das Fleisch an! Seht, wie es herausläuft. Euer Saft, eure Spermen! Betrachtet euch die dicken Lippen. Schaut euch meine wundervolle Klitoris an.

Ich will nicht nach Hause. Ich will lieben, lieben, lieben!«

Dan wußte, daß es ihm gleich noch einmal kommen würde. Er hatte es bereits mit der kleinen Blondine namens Susanna gemacht, während das geile Mädchen die genauso geile Hilda geleckt hatte. Danach – er hatte sich schnell erholt – hatte er sich nicht mehr darum gekümmert, die Muschis zu zählen, in die er seinen Junior gesteckt oder die er geleckt hatte.

Alles, was er wußte, war, daß es zuviel war, viel zuviel. Zuviel Sex. Er hatte Kopfschmerzen, der Rücken tat ihm weh. Er rutschte einen Augenblick lang von Betty weg. Aber sie ließ ihn nicht los, beantwortete Stoß um Stoß, schien unermüdlich, schien glücklich zu sein, daß er die ganze Zeit über fickte, ohne zu spritzen. Er hatte keine Ahnung, wie lange sein Steifer schon in dieser gierigen Lust steckte. Es schien eine Stunde zu sein oder Stunden.

Nachdem er die Frauen mit Zunge und Schnucki fertiggemacht hatte – diejenigen, die ins Schlafzimmer gekommen waren dazu –, war Betty vom Bett gerutscht und hatte gesagt, sie sei erledigt. Sie hatte auch etwas von Floyd gesagt, der eine Frau brauchte, die so war wie Telma – und daß Sharon im nächsten Schlafzimmer sei.

Vielleicht ging es Sharon genauso schlecht wie ihm, hatte er gedacht und dachte es immer noch. Dan verstärkte sein Tempo, er stieß schneller und schneller zu. Sobald er seine Ladung verspritzt hatte, mußte er Sharon suchen und sie nach Hause bringen. Herausholen aus diesem Haus. Dem Haus der Swapper. Es war doch bloß ein Haufen Irrer, das war klar! Aber er mußte ihnen zubilligen, daß er sich genauso verrückt benommen hatte wie sie alle.

Er schloß die Augen. Er wollte nur, daß es ihm kam. Es kam ihm. Er spürte die Spannung in seinem Körper, die gewaltige Entladung, die Entspannung. Aber alles schien nur ein einziges Ding zu sein.

Er fand ein Badezimmer, wusch sich schnell und verließ die erschöpfte Betty, er sammelte schnell seine Kleider zusammen und trat über zwei nackte Frauen, die in der klassischen lesbischen Position aufeinander lagen, und zog sich an. Eine Frau kam aus der Duschkabine und bot ihm an, seinen erschlafften Süßen wieder steifzuwichsen, aber er sagte, er hätte genug, und sie runzelte die Stirn und begann sich abzutrocknen.

Er drehte sich um und war froh, als er sah, daß Bettys Gesicht zwischen zwei stämmigen weiblichen Oberschenkeln lag. Es war ihm egal, ob er diesen prächtigen Körper noch einmal sah oder nicht. Oder die Gesichter und die Körper irgendeiner dieser swappenden Damen. Er mußte Sharon suchen gehen, sie aus diesem Irrenhaus herausholen, vielleicht konnten sie sogar noch in dieser Nacht in eine andere Stadt fahren. Sie hatten genug Geld, bis sie sich darüber klar wurden, was sie tun sollten.

Dan McKay war glücklich, daß er nie wirklich gesehen hatte, wie seine schöne junge Frau von einem Mann geliebt wurde oder daß sie gar eine andere Frau leckte. Natürlich war ihm bewußt, daß Sharon genau das getan hatte, was er auch getan hatte, nur in einem anderen Schlafzimmer, aber er brauchte es sich wenigstens nicht auszumalen. Er konnte die Gedanken aus seinem Gehirn verbannen. Es war schon schlimm genug, wenn ab und zu das Bild dieser wundervollen nackten Frau inmitten nackter Männer und Frauen auf irgendeinem großen Bett vor ihm auftauchte.

Er fand Sharon. Sie saß auf der Bettkante, offensichtlich in einer Art Dämmerzustand, während sie auf die nackten Männer und Frauen um sich starrte. Zwei Frauen lagen auf dem dicken Teppich, vielleicht wollten sie beweisen, daß kein Mann es besser konnte als sie, wenn sie es miteinander machten.

Sharons schöne blaue Augen leuchteten auf, als sie plötzlich Dan sah. Doch dann weinte sie und senkte den Kopf.

»Ich hab' dich beobachtet«, sagte sie mit kaum hörbaren Worten. Dann ein wenig lauter: »Nicht, daß ich das für eine Entschuldigung brauche. Wir sind so, wie wir sind, nicht wahr? Ich hab' das schon einmal gesagt.«

Dan spürte fast die Augen, die ihn anstarrten, und sein Gesicht rötete sich. »Komm«, sagte er. »Wir suchen deine Kleider, und dann gehen wir.«

»Ich bin nicht sicher, ob wir es nach dem noch einmal miteinander machen können.«

»Aber ich! Ich liebe dich, verdammt noch mal, und nun mach, was ich sage!«

Sharon lächelte glücklich und gehorchte schnell ihrem Mann.

12

»Ich kann's gar nicht glauben, daß schon ein ganzer Monat vergangen ist, seitdem wir mit Sharon und Dan auf dieser Party waren«, sagte Betty. »Hast du dich nicht auch schon mal gefragt, was mit ihnen geschehen ist, Floyd? Ich meine – nun, du hast gesagt, daß du Sharon liebst, und ihr sogar erklärt, du würdest dich von mir scheiden lassen und sie heiraten.« Betty lachte. »Sicher, ich weiß, daß du es mir nur so gesagt hast, weil sie dir einen Steifen verschafft hat, aber ich weiß auch, daß du sehr an dieser süßen Blondine hingst. Ehrlich, ich vermisse sie auch und vor allem Dans mächtigen Steifen.«

»Ich denke manchmal an Sharon«, erklärte Floyd. »Das heißt, ich denke an beide. Ich hoffe, ihr Leben ist einigermaßen in Ordnung gekommen. Ja, ich gebe zu, ich war eine Zeitlang in Sharon verknallt. Vielleicht waren es nur die sexuellen Möglichkeiten, die sie mir bot.«

»Manchmal ist es nicht klug, zuviel zu reden«, unterbrach ihn Betty. »Es muß doch irgend etwas bedeuten, daß wir beide immer noch zusammen sind, Floyd. Egal, was wir tun oder was wir haben, wir sind immer noch verheiratet und leben zusammen. Möchtest du es anders haben? Ich nicht.«

»Nein, ich glaube, ich auch nicht«, sagte Floyd und war gar nicht überrascht, daß er sich dabei ertappte, wie er die Wahrheit sagte. »Bist du sicher, daß wir alles so tun wollten, wie wir geplant haben, Betty?«

»Ich weiß wirklich nicht«, erklärte Betty. Wieder lachte sie. »Und das ist bestimmt nicht sehr viel gesagt, muß ich zugeben!«

»Wir beide sollten noch etwas trinken«, meinte Floyd und

stand auf, ging von einer Couch zur anderen und nahm Bettys leeres Glas. »Wir haben noch Zeit, bevor sie kommen. Wie lange soll Telma warten, bis sie hereinkommt?«

»Ich hab' ihr gesagt, sie soll nur ein paar Minuten warten«, erklärte Betty. »Ich glaube nicht, daß wir sie mit ins Schlafzimmer nehmen sollen. Wenn es so klappt, wie ich denke, dann wird es eine spontane Sache sein. Weißt du was? Wir sollten es versuchen, vielleicht können wir's hier machen, aber wir können ja immer noch mit ihnen ins Schlafzimmer gehen...«

Floyd kam nicht mehr dazu, die Flasche hochzuheben, denn es klopfte an der Tür, und ihre Gäste traten ein. Jack und Mona Colson hatten das Apartment auf der anderen Seite des Flurs gemietet. Sie waren erfahrene Swapper und kamen aus einer weit entfernten Stadt, und schon eine Woche nach ihrem Einzug hatten Betty und Mona entdeckt, daß sie gleiche Interessen hatten.

Diese Interessen schlossen nicht nur die beiden Frauen, sondern auch die beiden Männer ein. Floyd und Betty hatten schon daran gedacht, das neue Paar zu ihrer Swap-Gruppe zu bringen, vor allem aber wollten sie einmal versuchen, Telma ins Spiel zu bringen.

Jack war ein großer Mann mit braunen Augen und braunem Haar und einem Süßen, der ein Bruchteil größer war als Floyds, aber gar nicht dem Floyds ähnlich sah, denn Jack hatte fast ständig eine Erektion. Der junge Mann war sechsundzwanzig. Mona war eine rothaarige Frau mit sehr hellen Augen und Brüsten, die überraschend hoch auf der Brust angesetzt waren, sie hatte einen hübschen Po und gutgeformte Beine, und sie rühmte sich immer wieder ihrer Geschicklichkeit, daß sie innerhalb kurzer Zeit zehn- oder fünfzehnmal kommen könnte. Mona war dreiunddreißig. Sie hatte Geld von ihrem ersten Mann, und Jack verkaufte gebrauchte Autos.

Seit Bettys Beichte, was sie mit Telma angestellt hatte, hatten sich Betty und Floyd gemeinsam immer wieder das so prächtig gebaute farbige Mädchen vorgenommen. Sie waren jetzt sogar scharf darauf, Telma mit ihren swappenden Freunden zu teilen, vielleicht weil das hübsche Ding so lüstern war, dennoch waren sie irgendwie nervös. Zuerst wollten sie einmal Jack und Mona testen, ehe sie eine Party in ihrem Apartment veranstalteten, wo Telma dabeisein sollte.

»Heute ist mir wirklich etwas Komisches passiert«, sagte Mona, kurz nachdem Floyd die Drinks serviert und die vier sich hingesetzt hatten. »Ich war in einem überfüllten Fahrstuhl, und ein Mann stand mit einem Steifen hinter mir und drückte ihn mir gegen die Pobacken. Wir standen so eng, ich hab' den Kerl richtig gefühlt. Er drückte ihn so fest gegen mich, daß ich fast sogar noch seine Dingdongs spürte!«

»Was ist passiert?« fragte Betty. »Ich meine, was macht man in einer solchen Situation? Ich glaube, ich hätte gegengehalten und ihn ein bißchen aufgeregt!«

»Sie hat's doch getan«, sagte Jack kichernd. »Bis sie sich umsah und in sein Gesicht starrte und entdeckte, daß –«

»Daß der Bursche ein Neger war«, sagte Mona. »Er sah mir in die Augen und, ehrlich, ich hab' noch nie so 'ne Angst in Augen gesehen. Ich weiß gar nicht, daß er dabei einen Steifen haben konnte! Ich stieg im falschen Stockwerk aus, um den Kerl nicht noch mehr in Verlegenheit zu bringen.«

In diesem Augenblick betrat Telma das Wohnzimmer. Das farbige Mädchen hatte draußen gelauscht und dann getan, was Miß Betty ihr aufgetragen hatte.

Alle Augen wandten sich Telma zu, und sie grinste breit. Man hatte ihr gesagt, sie solle unter allen Umständen und was auch gerade geschah hereinkommen – und als sie das Wort ›Steifer‹ gehört hatte, da war es um sie geschehen. Sie trug nichts, außer ihrem kurvenbetonten weißen Kleid, doch hochhackige Schuhe, in denen ihre schönen Beine besonders schlank aussahen. Sofort sah sie die Lust in Mr. Jacks Augen und dann auch in Miß Monas Augen, und Telma war sicher, daß alles, ohne daß viel zu sagen war, an diesem Abend geschehen würde.

»Es könnte euch vielleicht schockieren, wenn ihr erfahrt, daß wir ein farbiges Ehepaar in der letzten Gruppe hatten, zu der wir gehörten«, sagte Jack.

»Es waren reizende Leute«, erklärte Mona.

Betty lächelte und blinzelte Telma zu. »Das Leben ist, wie man so sagt, voller kleiner Überraschungen. All right, Telma, dann zeig mal Jack und Mona, was sie gern sehen wollen. Und worauf sie so scharf sind...«

»Das ist *unsere* kleine Überraschung für euch an diesem Abend«, lachte Floyd. »Aber gar keine so kleine, möchte ich hinzufügen!«

Telma begann ihr Kleid auszuziehen. Jack und Mona stellten ihre Gläser auf den niedrigen Tisch und standen auf. Bis auf ihre hochhackigen Schuhe war Telma völlig nackt, ehe die erregte Frau und der Mann nach ihr greifen konnten.

Betty stellte ihr Glas auf den Tisch und stand ebenfalls auf. »Zieht euch aus, Jack! Mona! Ihr tut ihr weh!«

Jack und Mona hörten auf, das Mädchen zu betätscheln, und zogen sich schnell aus. Telma kniete sich hin, um ihnen zu helfen. Als sie den gewaltigen Süßen Jacks sah, leckte sie über ihre vollen Lippen. Schnell legte sie die Hand um den Steifen.

Und dann konnte Telma nicht mehr widerstehen, sie nahm ihn in ihren Mund. Noch während Jack mit den Kleidern kämpfte, begann sie schon rhythmisch zu saugen. Telma sah, daß Monas Rock auf den Teppich fiel. Sie ließ schnell den Junior aus dem Mund, um ihr zu helfen, ihre Süße zu entblößen.

Und als das dünne Höschen herunterfiel, da vergrub Telma ihr Gesicht in dem rötlichen Dreieck. Mona begann zu stöhnen, genauso wie es ihr Mann getan hatte.

Betty starrte hin, ihre Leidenschaft wuchs und wuchs, als Telma auf dem weichen Teppich zurückrutschte und Jack und Mona erlaubte, ihr die Schuhe auszuziehen. Sie ließ sich auf den Rücken fallen, und Betty spürte, wie sie zu zittern begann, als Jacks und Monas Hände den prächtigen Körper des dunkelhäutigen Mädchens streichelten, als ihre Zungen über ihre Beine glitten.

Floyd, der die Augen nicht abwenden konnte, stellte sein Glas neben das Bettys auf den Tisch. Wahrscheinlich würden sie so schnell nicht aufhören, sich auf diese Weise zu erregen. Sie würden weiter und weiter machen, immer neue Methoden herausfinden, um ihren Sexappetit zu vergrößern, bis sie schließlich schwach und erschöpft waren.

Er wußte, daß er es im Grunde genommen nicht anders haben wollte. Das Leben war sehr kurz, seines war zur Hälfte gelebt, und er und Betty waren schon viel zu weit gegangen, um jemals wieder zu einem normalen Sexleben zurückkehren zu können. Wenn sie jünger wären wie Sharon und Dan – nein, er wollte nicht an diese wundervolle junge Frau und ihren Mann denken.

Floyd kicherte. So, er wollte nicht? Er brauchte nicht! Er sah ja genug. Jack küßte Telmas Beine und Mona ihren Mund. Immer wieder bewegten sie sich auf dem Körper hin und her, und das farbige Mädchen krümmte sich leidenschaftlich. Später mußte ihm Jack einmal sagen, was die Negerin am meisten erregt hatte. Falls sie es ihm nicht selbst sagte.

Betty war bereits nackt. »Hast du einen Steifen, Floyd?«

Floyd war völlig überrascht, daß er tatsächlich einen Steifen hatte. Er stand auf, riß den Reißverschluß der Hose herunter, und als er seinen Floydy herausgeholt hatte, war er sogar sehr steif. Und dann tat und sagte Betty etwas, was Floyd sehr überraschte. Was ihm aber auch gefiel.

Betty ließ sich auf den Teppich fallen, legte sich auf den Rücken und spreizte die Beine. »Laß uns zur Abwechslung mal auf die alte Weise loslegen, Honey. Es ist so lange her, daß du es konntest, du weißt es ja, und wenn es auch ein bißchen sentimental klingen mag, ich muß zugeben, daß es mir immer viel Spaß gemacht hat.«

Floyd starrte sie an. War es möglich, daß er Betty immer noch liebte? Ja, überlegte er, während er auf ihre gespreizte Muschi starrte, die er so viele Male geliebt hatte – und die viele andere Männer gehabt hatten.

Er ließ seine Hose und die Shorts herunterrutschen, er wollte plötzlich keine Zeit mehr verlieren. Er kniete sich hin und rutschte zwischen Bettys weiche Oberschenkel. Dann nahm sie seinen Junior in die Hand und stopfte die pulsierende Eichel tief in ihre bebende Lust und preßte seinen Mund auf den ihren.

Sie liebten sich lange, und beide überlegten, daß sich zwar zwischen ihnen einiges geändert hatte, daß aber wieder alles so war wie in früheren Tagen, daß sie glücklich waren. Und als sie einen phantastischen Orgasmus miteinander erlebten, sich aneinanderklammerten, schrien und stöhnten, da war es wirklich wie früher; ein paar Minuten später gingen sie in das Spiegelschlafzimmer zu ihren Gästen, die genauso glücklich waren, und zu ihrem Dienstmädchen, dessen wunderbare Rose von Händen und Zungen bearbeitet wurde.

Sharon McKay ging durch das dunkle Schlafzimmer und blieb neben dem Bett stehen und betrachtete ihren schlafenden Mann. Er war bis zur Hälfte zugedeckt, doch lag er auf dem

Rücken, und sie konnte seinen Süßen sehen, der sogar jetzt groß war. Fast fünf Wochen, dachte sie. Es waren nur vier Wochen und fünf Tage her, seit Dan ihr gesagt hatte, daß er sie liebte. Würde er es ihr jemals wieder sagen?

Seitdem war viel geschehen. Sie waren in ihr Apartment gegangen und hatten alles gepackt und es dann verlassen. Dan hatte einen gebrauchten Wagen für fünfhundert Dollar gekauft, und sie waren auf dem Highway nach Norden bis zur nächsten Stadt gefahren, wo sie sich ein billiges Apartment suchten. Dan war freundlich und unterhaltend wie nie zuvor gewesen. Da endlich hatte sie sich entspannen können, weil sie sicher war, daß sie nicht nur zusammen waren, sondern auch zusammenbleiben würden. Und sie hatten jedes Gespräch über Betty und Floyd und Telma und die Sexparty vermieden.

Während der ersten beiden Nächte hatten sie nur geschlafen, aber in der dritten Nacht hatten sie sich plötzlich herumgedreht, sich umarmt und geküßt, sie hatte mit zitternden Händen nach Dans Steifem gegriffen und ihn durch das Portal geschoben. Und dann hatten sie sich geliebt und geliebt. Jeden Tag. Jede Nacht.

Nun ging sie zum Fenster, zog die Rolläden hoch und ließ die Sonne herein, dann drehte sie sich um und beobachtete, wie Dan die Augen rieb, und sie wünschte nur, er brauchte sie nicht zu verlassen. Denn er kehrte ja nicht vor 2 oder 3 Uhr morgens zurück.

Seit einem Monat arbeitete Dan. Es war ein richtiger Job. Zusammen mit zwei oder drei anderen Männern spielte er Poker in einem bekannten Spielsalon. Er bekam zwanzig Dollar jede Nacht, weil er half, den Männern, die durch den Billardsaal in den Spielsaal kamen, Geld abzunehmen. Sie betrogen nicht. Sie brauchten es nicht. Bei Männern wie Dan und seinen Kollegen hatten die gelegentlichen Spieler keine Chance.

Dan sah Sharon an und lächelte. »Komm her«, sagte er.

Sharon ging zu ihm und setzte sich auf die Bettkante. Aber Dan griff nicht nach ihr, er zog sie auch nicht zu einem Kuß herunter, wie sie vielleicht erwartet hatte. Sie war ein bißchen enttäuscht, als sie sah, daß sein Spritzer so schlaff war. Dan bemerkte den Blick und spürte ihre Enttäuschung, aber zuerst mußten ein paar Dinge erledigt werden.

»Ich muß dir etwas sagen, Sharon. Was ich tue, gefällt mir nicht mehr. Ich möchte dich nicht so lange allein lassen, aber wo verdiene ich sonst so schnell zwanzig Dollar pro Nacht? Wollen wir nicht unseren früheren Betrieb wiederaufnehmen? Sei ehrlich. Und sag nichts, was du nicht sagen willst. Sag mir nur, was du darüber denkst.«

Sie fühlte sich elend. Die Frage schien zu bedeuten, daß sich Dans Gefühle ihr gegenüber geändert hatten. Doch vielleicht wollte er sie nur testen. Sie wollte ehrlich sein und ihm die Wahrheit sagen. Er konnte vielleicht eine andere Frau finden, die ihm half, Ehepaare auszunehmen.

»Ich wünschte, wir hätten genug Geld, um das nicht tun zu müssen. Manchmal wünsche ich, wir könnten uns irgendwo in der Welt verstecken, in diesem Apartment bleiben und brauchten keine anderen Leute zu sehen. Ich werde in irgendeinem Büro arbeiten oder sonst etwas tun, aber ich will mich nicht wieder von anderen Männern ficken lassen, um Geld dafür zu bekommen.«

»Das ist genau das, was ich hören wollte«, sagte Dan. »Diesen letzten Teil. Ich habe seit der Nacht, in der ich dir sagte, daß ich dich liebe, viel darüber nachgedacht und mir gegenüber zugestehen müssen, daß ich dich wirklich liebe. Und die letzten Wochen waren schön. Ich hatte jetzt eine Menge Chancen bei Frauen, und einige waren sehr sexy, aber ich habe es nicht gemacht. Sicherlich, in Gedanken habe ich einige gehabt, aber was ist das schon. He, was sollen die Tränen? Ich dachte, du seist glücklich über das, was ich gerade sagte!«

»Die meisten Frauen weinen, wenn sie glücklich sind«, erklärte Sharon und wischte sich die Tränen ab und lächelte, denn plötzlich hoffte sie, es würde sich nicht herausstellen, daß Dan einen grausamen Scherz mit ihr gemacht hatte.

»Ich mußte herausfinden, wie du darüber denkst«, sagte Dan ernst. »Es ist nicht das Geld, aber ich mag meinen Job nicht. Außerdem könnte es immer einmal eine Razzia geben. Ich bin der Polizei nicht bekannt und will nicht bekannt werden. Ich dachte, ich besorge mir eine Sozialversicherungskarte und all diesen Kram und such mir einen richtigen Job. Was meinst du?«

Sie lachte glücklich und stand auf. »Wenn ich das alles gewußt hätte, dann hätte ich dir schon einmal vorgeschlagen, daß wir eine wilde Sexparty besuchen!« Sie sah, daß Dan die Stirn runzelte und plötzlich ernüchtert schien. »Es tut mir leid.«

»Warum sollte es dir leid tun?« lächelte Dan. »Wir sind, wie wir sind, nicht wahr? Das haben wir früher so oft gesagt. Weil wir unsere Ansichten über gewisse Dinge geändert haben, so bedeutet das doch nicht, daß wir verleugnen sollten, was uns wirklich Spaß macht. Ach was, ich weiß wirklich nicht, was ich sagen oder tun soll!«

»Aber ich will es dir sagen. Du wirst dir einen Job suchen, und ich werde in ein Büro gehen, und wenn wir Lust dazu haben, dann besuchen wir einmal eine Swap-Party oder veranstalten eine, und wenn wir allein sind, dann legen wir uns ins Bett und legen los. Nur wir beide, meine ich.«

»Und wir brauchen uns nicht um Geld zu kümmern, ich meine, wir brauchen die Leute nicht auszunehmen. Wir brauchen uns nicht ärgern zu lassen, um Geld zu verdienen!«

»Genau das wollte ich damit sagen«, erklärte Sharon und sah auf das Zelt, das sich über dem immer größer werdenden Mast ihres Mannes spannte.

»Du willst eine ungehemmte Hure als Frau, aber du willst sie – mich – als Hure, die nur für dich da ist. Stimmt das?«

»So ungefähr«, sagte Dan und zog das Laken weg. Er betrachtete seinen Steifen und sah dann in die funkelnden blauen Augen seiner jungen Frau. Er hatte genauso reagiert, wie er es sich vorgestellt hatte, denn wichtiger als alles war nun ihre Ehe. »Schließlich brauchst du als Nutte keine Praxis.«

Sharon wußte, was Dans Bemerkung bezwecken sollte. Nein, sie brauchte die Abenteuer mit anderen Männern und Frauen nicht aufzugeben. Hauptsache, sie gingen anschließend nach Hause und waren glücklich und vermieden es, jede irgendwie ernsthafte Beziehung einzugehen.

»Ich glaube, es ist sehr gut, daß die Menschen nicht in die Zukunft sehen können«, sagte Sharon nach ziemlich langer Pause. »Ich finde es auch gut, daß wir uns beide nichts vormachen. Ab und zu einmal eine andere Muschi oder einen anderen Mann – was ist schon dabei?«

Sharon lachte. »Und nun Schluß mit dem Gerede, gehen wir zur Praxis über!«

»Das waren die wichtigsten Worte während der letzten paar Minuten«, nickte Dan und sah zu, wie Sharon sich auszog. »Abgesehen von der Tatsache, daß dieses mysteriöse Etwas, das man Liebe nennt, doch zwischen uns ist.«

Sharon befreite ihre prächtigen Brüste. »Das, mein Liebling, ist das Wichtigste für mich. Weißt du, warum? Weil wir ja schließlich nicht Stunde um Stunde verblöden, sondern uns auch einmal etwas Liebes sagen können.« Sie lachte wieder und legte die Hände unter ihre mächtigen Brüste.

Dan setzte sich auf und packte Sharons wundervollen nackten Körper. »Nun haben wir uns alles gesagt, was es zu sagen gibt. Ja? Beeil dich etwas. Ich möchte meinen Süßen so gern in deiner Muschi verstecken!«

Sharon beeilte sich. Schließlich war eine tolle Kissenschlacht angesagt . . .

Bitte beachten Sie
die folgenden Seiten

Frank Schmeichel

»... wie die Luft zum Leben«

Wenn Sex zur Sucht wird

Ullstein Buch 35282

Sex: eine der schönsten Nebensachen der Welt? Doch was ist, wenn er zur Hauptsache wird? Wenn nur noch gilt: Befriedigung der Bedürfnisse sofort, ohne Rücksicht auf Verlust von Identität und Bindung? Was ist, wenn Sex zur Sucht wird? »Allein in Deutschland sind rund 500 000 Männer und Frauen sexsüchtig. Frank Schmeichel veröffentlicht Gesprächsprotokolle von einigen. Sein Anliegen: Verständnis wecken, Irritationen abbauen...«
Penthouse

Partnerschaft

Henry Sutton

Der Voyeur

Roman

Ullstein Buch 23068

Irvin Kane ist der bedeutendste Verleger erotischer Literatur in den USA und Herausgeber des Sexmagazins *Tomcat*. In seiner Villa tummeln sich blutjunge, bildhübsche Mädchen zur Unterhaltung seiner männlichen Gäste – und zur Befriedigung seiner eigenen voyeuristischen Bedürfnisse. Kanes Gegenspieler ist Justizminister Richard Patterson. Und der gnadenlose Kampf um Macht und Moral fordert seine Opfer...

Ullstein